LES

PIEDS DANS L'EAU

PAR

MARIE DE BOSGUÉRARD

Ouvrage orné de gravures.

PARIS
rue des Saints-Pères, 30
J. LEFORT, IMPRIMEUR, ÉDITEUR
A. TAFFIN-LEFORT, Successeur
rue Charles de Muyssart, 24
LILLE

LILLE, TYPOGRAPHIE A. TAFFIN-LEFORT.

LES

PIEDS DANS L'EAU

Gr. in-8° 3e série.

Sylvanie se laissait tomber sur sa chaise basse, étant vite fatiguée. Alors elle écrasait au moins douze œufs.

LES

PIEDS DANS L'EAU

PAR

MARIE DE BOSGUÉRARD

Ouvrage orné de gravures.

PARIS

30, rue des Saints-Pères, 30

J. LEFORT, IMPRIMEUR, ÉDITEUR

A. TAFFIN-LEFORT, Successeur

21, rue Charles de Muyssart, 21

LILLE

LES

PIEDS DANS L'EAU

CHAPITRE I

L'aspect du département des Landes est généralement empreint d'une grande tistesse. Dans la région des landes proprement dite, s'étend une succession interminable de vastes plaines, les unes absolument nues, les autres, tapissées de bruyères et d'ajoncs ; çà et là quelques massifs de pins, ou parfois une sauvage cabane qui sert de refuge aux bestiaux ; dans cette partie du département et parallèlement à la mer, court une chaine de dunes sablonneuses et mobiles, large de plusieurs kilomètres que l'on a fixée depuis longtemps déjà par d'intelligentes plantations d'arbres verts.

Aujourd'hui ce côté est fertile et très changé d'aspect ; mais il y a quelques vingt ans on ne voyait que des bruyères à la place où l'on a mis des collines tapissées de vignobles, de froment et de maïs.

La superficie du département des Landes, est, après celui de la Gironde, le plus grand département de France.

Les agriculteurs forment la plus grande partie de cette population.

Ces habitants sont d'une nature douce et mélancolique; un charme poétique se répand non seulement autour de leurs vastes pleines stériles, mais surtout dans leur âme, et ils n'ont pas vu — la plupart du moins — non sans peine, cette transformation qui leur retirait leurs bruyères qu'un souffle de vent balançait avec tant d'harmonie; et leurs marais qui étaient pourtant si malsains sous l'action de la chaleur, mais qui leur paraissaient des miroirs réflétant leur ciel sombre ou ensoleillé, le long desquels ils menaient paître leurs troupeaux qu'ils surveillaient du haut de leurs longues échasses.

Les Landais sont très superstitieux.

Ils s'enferment dans une rêverie triste; leur esprit est cependant original et leur imagination très vive; ils sont aptes aux plus rudes travaux; ils comprennent les sciences et les arts. On parle encore dans les campagnes un patois gascon qui n'est pas dépourvu de charmes; cette façon énergique et gracieuse se prête à tous les besoins du langage pour interpréter les sentiments ou les choses.

Au delà des dunes, dans le temps où l'on n'avait pas encore commencé l'œuvre de fertilisation due à l'initiative de l'ingénieur Brémontier, vivait toute une famille jouissant d'une grande aisance comparée à la misère habituelle des gens de campagnes.

Cette famille se composait : du grand'père, de la grand'-mère, du fils qui était veuf depuis deux ans, et d'une fille de cinq ans qui faisait le bonheur à tous.

Leur maison, d'un aspect un peu rustique, s'élevait gracieusement au milieu d'une large terre inculte bordée d'ajoncs : et plus loin les bruyères, dans un espace immense, lui servaient d'horizon.

Le pays situé au sud de l'Adour, a gardé son ancien nom de Chalosse.

Dans ce temps-là, le fils qui semblait attaqué d'une maladie noire, fut pris par les fièvres et mourut en faisant promettre à ses parents qu'ils enverraient Anne-Marie, dans un beau pensionnat au loin, afin de lui faire donner une bonne éducation. Et, les deux vieillards, fort attristés, se résignèrent à se séparer de la petite fille qui était leur joie, par obéir au dernier vœu de leur cher fils.

Anne-Marie fut envoyée dans un couvent à Paris; le grand-père fit lui-même le voyage pour la remettre entre les mains de la Supérieure; et, en lui faisant ce dépôt, il lui peignit en son simple langage qu'il lui apportait l'oiseau de sa maison, la meilleure partie de son cœur, ajoutant que, si ce n'eût été pour complaire au désir du père de cette chère petite, il aurait eu l'égoïste volonté de la garder près de lui et de sa vieille compagne. A présent, il allait retourner dans le pays qu'il aimait pardessus tout après Dieu, où il voulait dormir un jour côte à côte avec sa femme. Et, ils allaient attendre tous deux dans de longs jours solitaires, que leur petite fille bien-aimée eût fini son éducation:

ce qui, certainement, demanderait beaucoup de temps.

L'ignorance naïve de ce vieillard n'était pas dépourvue d'une délicate intuition des usages et des convenances ; il produisit un effet tout particulier sur l'austère Supérieure, qui s'intéressa de suite à la fillette qu'on lui amenait.

Avant de l'abandonner dans le troupeau des autres enfants qui lui était confié, elle l'examina longtemps avec une scrupuleuse attention, étudiant son charmant visage où se joignaient une grâce naïve, une fierté et une modestie qui s'alliaient tout à la fois pour lui donner un caractère un peu sauvage.

Les yeux étaient noirs, profonds, pleins d'éclairs sombres par moments.

Par contraste, ses cheveux étaient blonds, très fins, très embroussaillés.

Sa figure mignonne, blanche et rose, le rire incarné sur ses lèvres ; elle souriait toujours ; et si par hasard une tristesse venait à voiler son regard, c'était comme un nuage léger qui s'effaçait peu à peu, à travers lequel on voyait luire le soleil.

Elle fut très aimée par ses maitresses ; parce qu'elle était très intelligente, et qu'elle faisait tout sans jamais mériter la moindre réprimande.

Ses compagnes l'aimaient aussi ; mais avec plus de réserve, ou pour mieux dire quelques nuances qui n'échappaient point au clair jugement d'Anne-Marie, sans altérer le moins du monde, son caractère égal et bienveillant.

Les unes, très mondaines, considéraient cette compagne comme une petite paysanne ; tout au moins une fille issue de gens vulgaires, car on lui avait entendu dire par elle-même que son grand-père ne savait pas lire, et qu'il habitait une petite maison au pied des bruyères, qu'il ne changerait pas contre un palais.

Anne-Marie ajoutait fièrement qu'il était assez riche pour venir demeurer à la ville, si cela lui plaisait ; puis, naïvement et avec indifférence, elle affirmait qu'il avait bien raison, son cher aimé grand-père, de trouver son pays des landes, le plus beau pays du monde entier.

Les autres jeunes filles redoutaient le jugement de cette compagne au bon sens si droit, si juste, si impartial, qui les blâmait sans pitié, avec un peu d'ironie, quand elles ne faisaient pas ce qu'elle devaient faire.

Ainsi, si l'une mentait pour cacher une faute, les yeux perçants d'Anne-Marie la fixaient; silencieuse, elle regardait froidement la coupable; elle ne l'aurait jamais trahie; mais, à la première occasion, elle disait le mépris que la fausseté inspire; et qu'on ne peut se lier avec des personnes qui n'ont pas l'habitude de dire la vérité, parce qu'on ne peut avoir aucune confiance ni dans leur amitié, ni dans les belles promesses qu'elles vous font.

Les paresseuses ne trouvaient pas un accueil favorable non plus, de la jeune landaise. Cependant, elle ne tournait le dos à personne, offrait ses services, sans courir après celles qui s'éloignaient par fierté; à celles-ci, la jeune fille disait avec malice :

« — Vous me trouverez toujours quand vous aurez besoin de moi. »

Et, lorsqu'une de ces dédaigneuses venait ensuite solliciter un avis pour une composition, car elle était fort habile, Anne-Marie lui disait en riant : « On a souvent besoin d'un plus petit que soi. Ce qui ne veut pas dire, ajoutait vivement la jeune fille, que je me trouve plus petite que vous. » Elle était un peu orgueilleuse, nous l'avons déjà dit.

Quand elle atteignit quinze ans, sa grand-mère mourut.

Ce fut un coup très douloureux pour Anne-Marie, car elle était attachée à ses grands-parents de toutes les forces de son cœur aimant, n'ayant qu'eux seuls sur la terre. Et cependant, c'est son grand-père qu'elle préférait. Sa grand-mère, tout en étant aussi bonne, aussi tendre, s'occupait moins d'elle; c'est-à-dire que, sans doute, cette excellente femme laissait au bon grand-père le bonheur d'avoir à lui seul la chère enfant.

Quand elle était toute petite c'était lui qui la promenait dans les bruyères, la portant sur son dos pour empêcher ses petits pieds de se mouiller le long des marécages.

C'est le grand-père qui voulut entreprendre le voyage pour la conduire au Castel. Et il venait tous les ans la voir, une seule fois ! ce qui était un grand dérangement pour lui; ce qui était une immense joie pour Anne-Marie. Elle n'aurait pas revu sa grand'mère depuis sa première Communion. A cette époque, on lui avait fait faire le voyage pour aller embrasser cette aïeule qui ne pouvait presque pas quitter sa chambre, étant toujours faible et souffrante. Anne-Marie avait été très émue en la retrouvant si débile, et fort triste en la quittant, comme si elle pressentait qu'elle ne la reverrait plus.

En effet, moins de trois ans s'étaient écoulés, la grand'-mère s'était éteinte !

Anne-Marie n'avait plus aucune nouvelle ! c'était fini ! tant que la pauvre vieille avait vécu, elle avait tenu une correspondance très régulière avec sa petite-fille ; elle écrivait au nom du grand-père par exemple, s'effaçant encore pour lui laisser l'initiative, se mettant toujours à l'ombre derrière lui. Ainsi, il lui dictait les lettres : « Ma chère petite Mariette, lui faisait-il mettre, je m'ennuie joliment de toi, il ne faisait pas écrire : nous nous ennuyons ; » et la fidèle grand'mère s'oubliait elle-même dans son dévouement à ces deux êtres qu'elle aimait tant ; son mari et sa petite-fille. Peut-être Anne-Marie eût-elle l'intuition de cet effacement de sa grand'mère ; toujours est-il, qu'elle l'aimait avec une tendresse excessive, et quand elle répondait, elle n'oubliait pas de dire : « J'embrasse deux fois la main qui a écrit la lettre et je la mets sur mon front pour qu'elle me bénisse. »

A son grand-père, elle disait : « Petit Grand chéri, que n'es-tu là dans un petit coin, tu verrais une belle décoration à la Mariannette, ce qui prouve qu'elle a été très, très sage. Pourtant, je ne me prive pas de rire. »

Le rire sembla envolé pour toujours des lèvres de la jolie landaise, lorsqu'elle reçut par un étranger, la terrible nouvelle de la mort de sa grand'mère.

Le vieux voisin du grand-père avait écrit à la Supérieure :

« Prévenez tout doucement Mlle Mariette que sa grand'mère vient de s'endormir dans la paix du bon Dieu. » La main de cet ami était inhabile à tracer les caractères ; ses lignes montaient et descendaient sur la page blanche ; il disait encore : « Faut pas trop affliger cette demoiselle, cependant m'est avis qu'elle ferait bien de revenir pour soigner son grand-père qui ressemble à présent à un corps sans âme, et qui fait pitié dans son isolement. »

La Supérieure jugea son élève assez courageuse pour lui faire entendre de suite la triste nouvelle ; elle l'avait reçue par le courrier du soir ; au lieu d'attendre au lendemain matin pour porter le coup à la pauvre enfant, elle la fit appeler au moment où on se rendait au dortoir.

Anne-Marie montait l'escalier en riant ; elle avait glissé quelques marches, c'était cela qui la faisait rire, l'incorrigible fillette. La Supérieure entendit cet éclat sonore ; elle la laissa, pensant : elle ignore encore la douleur qui va la frapper, laissons-la une minute jouir de sa dernière joie. Puis, elle ouvrit la porte et se dressa sur le seuil si froide, si sévère, que le cœur de la jeune fille se glaça.

Elle allait s'excuser timidement ; la Supérieure ne lui en laissa pas le temps ; elle lui porta immédiatement le coup, montrant la lettre, disant qu'elle était de *là-bas*, qu'il fallait *être forte*.

Et Anne-Marie poussa un cri douloureux.

L'écriture irrégulière sur l'enveloppe l'avait avertie, puisque ce n'était pas la main chérie habituelle qui l'avait écrite, c'est donc que...

— Oh! s'écria-t-elle à travers ses sanglots, ma grand'-mère! ma grand'mère serait-elle?....

La religieuse levait son doigt vers le ciel, sans lui répondre, puis elle ouvrait ses deux bras à la pauvre enfant.

— Pleurez, pleurez, lui dit-elle doucement, puis, vous tâcherez d'être calme; vous réfléchirez....

Elle pleura longtemps la triste jeune fille.

C'était sa première douleur.

La source de ses larmes n'était pas tarie quand elle s'arrêta, par délicatesse, dans la crainte d'importuner sa révérende Mère.

— Pardonnez-moi, ma bonne Mère, lui dit-elle avec une infinie douceur, j'ai tant de chagrin... et je pense tout d'un coup à la position de mon cher grand-père...

— C'est à cela en effet qu'il faut penser, mon enfant, répondit la Supérieure, car je crois que vous allez être obligée de *nous* quitter... Sa voix s'amollissait malgré la sévérité habituelle qu'elle imposait à son langage; qui peut croire en effet qu'une religieuse, si austère qu'elle soit, ne soit pas capable de sentir et d'aimer comme une créature ordinaire?

Son visage peignit en même temps cette vive émotion intérieure, et ses yeux brillaient humides, avec une grande tendresse.

— Mon enfant, acheva la Supérieure, votre devoir vous appelle près de votre grand-père. *Nous* pensions vous garder ici pendant deux ans encore; votre éducation n'est pas terminée, vous n'avez pas achevé vos études; cependant, vous ne le pouvez plus à présent. Votre grand-père est seul, isolé, souffrant, très malheureux loin de vous, il ne peut même pas vous écrire; il faut que vous alliez adoucir les années que Dieu lui donne à passer sur la terre. Le bien que vous lui ferez, Dieu vous le comptera, et vous accomplirez un devoir de tendresse filiale...

Anne-Marie était à ses genoux, elle baisait avec respect les deux mains de la Supérieure en les mouillant de ses larmes.

— Allons, mon enfant! soyez forte! ne vous amollissez pas dans les pleurs; Dieu nous envoie des croix, nous devons les accepter sans nous plaindre, c'est le fait d'une âme tiède et peu généreuse de se laisser aller aux faiblesses extérieures. Vous nous écrirez souvent, ajouta-t-elle. Et elle releva de force Anne-Marie, puis, plus sévèrement lui ordonna d'aller faire sa prière à l'oratoire, lui promettant que la communauté s'unirait pour prier pour l'âme de la défunte.

A ce mot, la douleur de la jeune fille fut si cuisante, qu'elle faillit étouffer en retenant ses sanglots; elle pleura tout bas dans son lit, la pauvre enfant; elle faisait un dur apprentissage de sa première peine! elle entrevoyait l'avenir auquel elle n'avait pas encore songé, vide et désolé si elle avait le malheur de perdre aussi son grand-père.

Naguère si gaie, si enfant, elle songeait aux choses

douloureuses, comme si son jeune front venait de vieillir de dix années.

Et, quand elle apparut le lendemain au milieu de ses compagnes, vêtue de noir, ses cheveux blonds lisses, son visage pâle et sérieux, ses yeux gonflés par les pleurs, toutes furent frappées de ce changement.

Elle fit ses adieux avec un grand calme, et monta seule dans une voiture qui la conduisait à la gare. La Supérieure l'avait fait recommander au chef du train qui devait veiller sur elle sans qu'elle le sut, et ce grand voyage s'effectua pour cette jeune fille que la douleur avait mûrie et transformée, au point qu'on la considérait avec respect, et qu'on ne songeait pas à deviner l'âge de ce jeune visage qui se baissait modestement, et se cachait sous son long voile de deuil.

CHAPITRE II

Un printemps doux, ensoleillé faisait tout renaître, et tout était enchanteur dans ce petit coin des Landes un peu encaissé dans un creux immense d'un terrain mou, sablonneux.

Les marais bordés de tapis de mousse se déversaient parfois sur les prairies où poussait une herbe maigre que des moutons assez chétifs s'empressaient de brouter. Çà et là un berger perché sur ses échasses, étendait ses deux longues jambes comme un compas, ou bien restait immobile près de l'étang sombre, ainsi qu'un héron mélancolique.

Les bruyères roses balancées par le vent, animaient ce tableau d'une nature trop aride et trop triste; tandis que les arbres rabougris dressaient leurs branches à peine couvertes de verts bourgeons. Ce beau rideau de bruyères semblait absorber tous les rayons du soleil, il étincelait, chantait, murmurait, dans un rythme très doux, comme un chant plaintif, et la brise apportait son parfum.

Anne-Marie regardait ce paysage qui réveillait en elle tous ses souvenirs d'enfance.

La joie brillait dans son regard qu'elle ne pouvait détourner de ce champ ensoleillé, elle humait à pleins poumons l'air pur qui s'exhalait autour d'elle. Il n'aurait pas fallu lui dire que les étangs répandaient l'été des vapeurs malsaines, cette belle nature sauvage lui plaisait plus que Paris avec ses jardins, ses ponts, ses monuments, gigantesques travaux des hommes.

Ici, se disait-elle, c'est l'œuvre de Dieu, nulle main n'a touché à ses choses qui resteront éternellement à la même place.

Elle le croyait du moins.

Quand son grand-père lui dit qu'on allait couper les bruyères, remuer les terres, apporter des plantations nouvelles sous le prétexte d'assainir le pays, la jeune landaise poussa un cri d'indignation : Toucher aux bruyères!... qui donc ferait cela?

Le grand-père en souffrait tellement lui-même, qu'elle comprit de suite qu'elle devait le calmer au lieu de partager son irritation.

Il s'appelait Marius Férol, on le nommait seulement, le père Marius.

C'était un vieux bonhomme de son temps, bien parcheminé, un peu original de caractère, franc, jovial à ses heures, très mélancolique dans certains moments.

Il n'aimait pas les conquérants ni les tyrans d'aucune sorte.

Il disait que la vraie liberté n'existait pas sur terre, qu'il faudrait la vraie égalité et fraternité, et que ça ne pourrait jamais être, parce qu'on verrait toujours le riche dédaigner le pauvre. Il disait encore, et il avait raison, que le monde devait son malheur à sa fausseté, à son avarice, à sa méchanceté pour son semblable.

Si l'homme s'était occupé du bien de son prochain comme de son bien propre, si, au lieu de tromper les autres, dans le but de s'enrichir ou de s'enorgueillir, il avait eu toujours un langage sincère pour l'avertir de ce qui lui portait préjudice, et lui conseiller ce qu'il jugeait utile pour son bien-être, on aurait vu certainement plus de contentement autour de soi, moins d'affaires embrouillées, moins de chicanes, et partant, moins de misère !

Quand il exprimait ces pensées-là, ce bon petit vieux, il redressait son échine courbée, son visage tout plissé, tout chiffonné avait un air rayonnant comme si tous ces sillons avaient été ensoleillés, et ses petits yeux noirs qui luisaient comme deux trous pleins d'encre, se fermaient à demi sous l'épaisse broussaille des sourcils, on ne voyait qu'une lueur, et c'était une bonne lueur douce, chaude, caressante; on ne le trouvait pas laid; on ne le trouvait non plus ni sot, ni ignorant, malgré cette grande ignorance de toutes choses, puisqu'il ne savait pas lire, mais, si le père Marius n'avait pas l'éducation que donne l'homme en apprenant les sciences terrestres, il avait acquis par lui-même une solide instruction, car il avait un esprit observateur de la nature, rien ne lui échappait dans le travail des fleurs, des oiseaux, des insectes, dans les changements de l'atmosphère, dans les rayons du soleil. Il vous annonçait le temps qu'il ferait, aussi bien qu'un baromètre, il vous prédisait si la saison serait bonne ou mauvaise.

Il connaissait les herbes de sa lande, et leur propriété, moitié sorcier, moitié chimiste, moitié médecin. Il savait ce qui était salutaire; dans le temps des fièvres on venait le consulter, et non seulement pour son semblable, mais pour les animaux : les moutons, les vaches, les chèvres. Le père Marius ne se lassait pas et ne se plaignait point.

Quand on lui en demandait trop de tous les côtés, il répondait en riant, de bonne humeur :

— Eh!... laissez-moi au moins me retourner pour voir de quel côté souffle le vent!

Sa petite-fille avait son caractère serviable et bienveillant. Mais, tous les deux aimaient la vérité par dessus tout.

Anne-Marie était au couvent sans pitié pour celles de ses compagnes qui mentaient.

Le père Marius était dur avec ceux qui avaient l'habitude de dire le contraire de leurs pensées. Il se mettait bien en face pour les dévisager, et brusquement il leur criait :

— A quoi ça vous avance-t-il de vouloir tromper les hommes, vous ne pourrez jamais tromper Celui qui est là-haut au dessus de nous, qui nous gouverne, qui nous voit, et qui un jour nous jugera!

On acceptait ses boutades et ses reproches; on le laissait crier à son aise; on attendait avec patience que le calme eût reparu sur son visage indigné; car, on savait bien que, toujours, il redevenait tout d'un coup très doux, il se renfermait alors dans un triste silence, et, passivement, vous rendait les petits services qu'on lui avait demandés, sans s'inquiéter si les gens étaient bons ou mauvais. A ceux pour lesquels il avait eu de dures paroles, il ajoutait :

— Arrangez-vous avec votre conscience et avec le bon Dieu, moi, ça ne me regarde pas!

Sa petite fille était l'objet de sa plus vive tendresse. Il disait, en son langage naïf, qu'il n'avait rien aimé au monde autant que cette enfant-là, et lui qui ne pliait jamais était capable de céder aux volontés de cette mignonne.

Heureusement que la jeune fille n'eut pas l'idée d'en abuser. Du reste, ayant le même caractère, aussi entêtés l'un que l'autre, ils luttaient parfois quand leurs idées se trouvaient en opposition, et c'est l'enfant qui cédait, par déférence pour son grand-père. Par exemple, elle ne voulait pas l'entendre crier contre les rois.

Elle disait que, si un homme bien bon, bien sage, bien intelligent se mettait à la tête d'un pays, ce pays-là se relèverait d'abord de la misère, il pourrait jouir alors de sa richesse et travaillerait avec plus de courage.

Le grand-père lui disait qu'il faudrait bien que ce soit le bon Dieu qui vienne sur terre.

Anne-Marie lui reprochait ce mépris qu'il faisait de ses semblables. Pourquoi croire le monde méchant?

— Pourquoi le croire bon, quand on voit ce qui se passe autour de soi chaque jour! criait le père Marius.

— Mais, cher grand, que vois-tu donc? La misère de ces gens des campagnes les rend peut-être trop méfiants, quand ils jettent des regards tristes, tu dis qu'ils sont sournois....

— Mariette!... vous ne m'avez jamais vu reprocher quoi que ce soit à un pauvre diable!... Méchante enfant! Est-ce que je ne leur donne pas volontiers ce que j'ai dans ma poche, ou la moitié de mon souper, de bon cœur?... Oui, tu le sais.... Eh bien, ne comprends-tu pas que, ce que je reproche à ces créatures malheureuses, c'est leur paresse, leur manque de volonté pour secouer la misère! Plutôt que d'accepter un travail qui leur donnerait un peu de fatigue, ils aiment mieux rester immobiles chez eux, dans leur maison mal fermée, froide et sans feu l'hiver; ou couchés l'été au bord des étangs, attendant que les fièvres les prennent, ce qui arrive un jour ou l'autre. Alors, on prétend que nos marais sont malsains! on veut remuer et changer notre pays!

La petite fille était obligée de calmer son pauvre grand-père, en paraissant être de son avis, car un tremblement l'agitait, et depuis quelques années l'issue en était fatale, ce bon père Marius tombait malade, il ne mangeait plus, restait silencieux, replié sur lui-même, il fallait le secouer, le distraire. Sa vieille femme avait réussi, elle lui lisait de bons livres, elle écrivait sous sa dictée ce qu'il lui plaisait de lui faire tracer sur le papier, trouvant commode de faire

Çà et là un berger perché sur ses échasses, étendait ses deux longues jambes comme un compas. (p. 19.)

fixer ainsi ses pensées, comme en un journal, afin de pouvoir les reprendre et les retrouver plus tard quand il en aurait envie.

La vieille compagne s'était pliée à ses idées, passive, s'effaçant toujours, elle avait toujours dit comme son vieux mari avait voulu.

A présent qu'elle n'était plus là, le vieux Martin, son ami, avait raison de dire que Marius était comme un corps sans âme. Il errait dans la maison, cherchant l'amie absente, touchant avec enfantillage les vieux vêtements qu'elle avait portés, se mettant dans l'âtre, sous le manteau noirci, les pieds sur un petit banc, la tête courbée sur ses genoux, dans ses vieilles mains ridées, et on l'entendait parler tout bas, et gémir douloureusement.

Il était temps qu'Anne-Marie arrivât !

Elle se mit de suite à le dominer, avec son front blanc rayonnant, ses yeux profonds, son aimable sourire; elle reprit vite sa gaîté, ses chansons, ses causeries interminables, pour distraire ce pauvre vieux.

Et, tout aussitôt, on le vit ressusciter, il recommença ses discussions politiques, et ses dissertations sur la valeur ou la méchanceté des hommes. Il appelait sa petite fille « Mademoiselle » quand il était fâché, « Mariette » quand il était de bonne humeur, et, « Mariannette » quand il était fort tendre.

La servante raconta à la jeune fille qu'il n'avait plus parlé depuis la mort de la bonne madame Nicolle, et presque pas mangé, et qu'il l'avait repoussée durement (lui naguère si doux pour elle), quand elle lui faisait de pressantes sollicitations pour avaler quelque chose. « Oh ! que c'était miracle de le voir renaître ainsi ! » et Anne-Marie se réjouissait d'être venue.

Voilà cependant qu'une mortelle douleur se mêlait à la douleur du père Marius : lui qui avait pensé que rien ne pourrait le rendre plus malheureux que la mort de sa chère compagne, lui qui disait en pleurant que, maintenant, le soleil pouvait cesser de luire, les oiseaux de chanter, les saisons de changer ses champs et ses jardins. Hélas !... on avait annoncé que son pays allait être bouleversé ! et cela bouleversait étrangement ce pauvre vieux !

Quand on arracherait ses bruyères, on arracherait son cœur ! Quand la pelle et la pioche se mettraient à remuer les étangs et à couper les vieilles herbes, ce serait des coups qui le frapperaient cruellement.

— O Nicolle !.... heureusement que tu n'a pas entendu dire cela !.... ton ombre se lèvera-t-elle indignée, lorsqu'ils viendront des villes, ces hommes ignorants, pour détruire notre lande, la faire autrement que le bon Dieu l'a faite ?... Comme si Dieu ne savait pas mieux que les hommes ce qui est bon !....

Anne-Marie se mit à réfléchir que les changements dont on parlait, devaient être utiles ; elle fit abstraction de son amour pour son pays, avec la nature sauvage qui lui plaisait ; elle se dit qu'en effet les prairies avaient besoin d'être remuées afin que tous les étangs puissent se sécher pour ne plus envoyer des miasmes ; que les troupeaux pour devenir plus beaux, puissent trouver une herbe plus forte et plus grasse ; qu'après, des plantations viennent remplacer les pauvres arbustes qu'un terrain sablonneux empêchait de se développer.

Et elle essaya de faire entendre raison à son grand-père. Elle lui soumit doucement ses idées ; elle lui fit entendre que les habitants des basses plaines souffriraient moins de la misère, ayant des champs et des moutons plus beaux. Mais elle ne réussissait pas, la bonne jeune fille. C'était comme si elle eut essayé de faire voir un aveugle, ou de parler à un sourd.

Le vieux disait que la lande était bonne ; qu'elle était bien comme elle était, et qu'il ne fallait pas y toucher.

Sa maison dans un terrain creux était très mal placée ; il avait tous les ans des inondations provenant ou de la fonte des neiges au printemps ; ou du déversement des étangs qui étaient au-dessus de la route et qui se vidaient sur son chemin.

Cependant, il n'avait voulu ni changer sa demeure, ni apporter d'autres terres, comme on le lui avait conseillé, pour faire sursemer ses jardins ; il aimait mieux les choses telles qu'elles étaient.

Sa maison, il l'avait fait bâtir dans le temps de sa jeunesse ; il avait voulu qu'elle fut assise dans des ajoncs, adossée contre des massifs de pins verts, pour être à l'abri des vents et des rafales de neige. Les bruyères s'étendaient devant le chemin en pente, comme sur une étagère ; mais ce bas fond était malsain par les étés brûlants. Ses nombreux étangs exhalaient des vapeurs dangereuses, et les hautes herbes plus épaisses dans cette humidité se balançaient comme d'immenses parasols, des nénuphars blancs émergeaient du sein de cette eau bourbeuse, et l'on entendait le croassement de la grenouille mêlé aux cris de la cigale des fougères.

Ce vieux père Marius aimait cette solitude profonde. Nulle habitation ne s'élevait près de la sienne; les gens des campagnes groupés dans de pauvres cabanes le long des prés, se trouvaient à une certaine distance; mais le vieux les voyait tout de même, ces misérables toits, en abritant ses yeux, à cause du soleil éblouissant, de sa main à demi fermée. Derrière lui, c'était la ville haute; les demeures s'échelonnaient avec une élégante symétrie.

On lui avait dit de s'y fixer.

Il s'entêtait dans cette idée de vivre et de mourir dans son vieux nid, comme il *l'appelait*.

CHAPITRE III

Un matin, en poussant les volets verts de sa fenêtre, Anne-Marie aperçut les jardins inondés; devant la porte il y avait trois marches en pierre avec une plate-forme et une balustrade en bois, sur laquelle on s'appuyait quelquefois, soit en rentrant, soit avant de descendre, pour regarder tout autour les vastes plaines et le petit sentier qui montait presque comme une échelle droite juste en face la maison; les autres sentiers s'en allaient en pente plus douce jusqu'au champ de bruyère; sur le côté de la maison, il y avait un rideau de vignes, et un vieux banc de marbre. La veille, la jeune fille avait admiré les rosiers qu'on venait de lui envoyer de Paris, un cadeau de la bonne Supérieure; elle espérait que les chères roses s'ouvriraient au soleil de la lande, car ils étaient bien exposés au Midi, et qu'ils n'auraient pas à souffrir, qu'ils s'acclimateraient facilement dans cette nouvelle terre. Eh bien, la première chose qu'elle vit, en bas, dans la petite plate-bande, ce fut ses pauvres rosiers noyés, littéralement dans l'eau jusqu'aux dernières feuilles qui surnageaient. Au delà des jardins, une vapeur blanche comme un nuage, flottait en se dégageant de la terre et montant toujours ; le soleil très chaud la dissipait un peu, et l'on pouvait distinguer une sorte de lac obscur qui servait de réservoir à tous les petits étangs d'alentour ; la mousse, comme une éponge imbibée d'eau, étincelait sous les rayons d'or, et les herbes, rafraîchies après une grande sécheresse, se redressaient, pour se ployer aussitôt au moindre souffle de la brise.

— Sylvanie !... cria la jeune fille, va donc sauver mes rosiers !

Sylvanie, la vieille servante, venait de traverser le jardin, en pataugeant; elle fit un signe à sa maîtresse, geste qui peignait son indifférence pour une situation à laquelle on s'habituait tous les ans.

Mais, quand elle vit une expression chagrine sur le visage de la fillette, elle lui dit qu'elle allait tous les enlever pour les mettre dans des vases qu'on rangerait sur la terrasse, et cet espoir ramena un sourire sur les lèvres d'Anne-Marie.

Mon Dieu... pensait-elle en joignant les deux mains, ravie devant le tableau qu'elle avait sous les yeux ; oui, tout cela est très beau !

Et c'est très malheureux si on vient pour détruire tout cela !... Cependant, en se penchant pour regarder au-dessous, elle vit la première marche en pierre submergée ; elle convenait en elle-même que cette eau n'était pas une chose saine et que son grand-père pourrait peut-être en souffrir.

Elle ne pensait pas à elle, la généreuse enfant. Pourtant, son vieux grand-père qui avait toujours vécu dans ce pays y était certainement acclimaté ; tandis qu'elle n'était pas

Un matin, en poussant les volets verts de sa fenêtre, Anne-Marie aperçut les jardins inondés. (p. 31.)

très bien portante depuis qu'elle y était revenue : « C'est le changement d'air... je m'y ferai... » avait-elle répondu à son grand-père qui s'inquiétait de sa santé ; et jusqu'à Sylvanie, la vieille servante, qui se mit à craindre les fièvres pour sa jeune maîtresse ; de sorte qu'elle lui prodiguait une foule de petits soins ; elle lui apportait à boire du lait chaud le soir, et ne la laissait pas sortir quand les vapeurs n'étaient pas dissipées.

La jeune fille recevait ces petites attentions avec reconnaissance ; elle remerciait gaiement la bonne Sylvanie, et lui rendait volontiers service en l'aidant quand elle avait trop de besogne.

Ce jour-là, les rosiers furent tous transplantés dans des vases de terre et apportés sur la terrasse ; Anne-Marie en comptait dix ; elle se penchait avec attention pour examiner de près les feuilles délicates et les boutons déjà venus, ne se lassant pas, avec cette patience enfantine qui était une qualité dominante chez elle. Et, soudain le vieux grand-père apparut, l'appelant d'une voix douce et triste : « Chère petite ! je n'ai pas une bonne nouvelle à t'annoncer... »

— Tant pis, bon cher grand..... quelle est cette mauvaise nouvelle-là ?...

— Tiens, cela me contrarie beaucoup même ; j'ai rencontré tout à l'heure le conducteur de la diligence qui venait me prévenir, tandis qu'on changeait ses chevaux au bureau de poste, qu'un Monsieur d'un certain âge qui se dit mon parent, avec une petite fille de cinq à six ans, avait demandé si j'habitais toujours le pays, devant descendre chez moi aujourd'hui ; il va arriver par la prochaine diligence, n'ayant pu monter dans celle-ci...

— Eh ! bien cher grand..... Pourquoi appelez-vous cela une mauvaise nouvelle ? C'est une bonne nouvelle au contraire ! Voici une visite qui va vous réjouir et vous distraire.

— Tu te trompes, Marielle... oh ! tu te trompes fort ! Je me doute que c'est le fameux cousin Antoine d'Estrémont qui attend mon héritage depuis longtemps déjà !... Il ne doit pas être content de voir que je tiens bon encore ! Enfin, ayant appris que j'ai perdu ma pauvre Nicolle, il vient peut-être voir si le chagrin ne me déracine pas aussi !... Il a oublié que j'ai une petite-fille.

Autrefois, il m'écrivait de longues lettres très sentimentales, pour me faire croire à son attachement; la grand'-mère me lisait ça si bien !... et, il me disait que je devais être bien triste, que la maison était bien vide pour nous deux, si vieux ; il se proposait de venir nous surprendre un jour ou l'autre. Et je n'ai pas voulu que la chère âme lui dise que nous avions une enfant qui serait notre héritière un jour...

— Grand-père ! je ne veux pas que vous parliez de ça...

— Il faut bien en parler au contraire ; c'est à toi, ma petite, que reviendront tous mes écus... et cette vieille maison-là quand je serait mort !...

— Grand-père ! je vous mets en pénitence...

— Mets-moi en pénitence en me privant de t'embrasser. Je t'embrasserai tout de même, va !...

— Et moi, je ne vous embrasserai plus !... Le pauvre vieux s'était penché sur la tête blonde nimbée du soleil du midi ; ils étaient sur la terrasse ; elle avait passé ses deux bras au cou de son cher grand-père, le grondant de lui dire des choses tristes ; et Sylvanie appela d'en bas :

— Monsieur Marius !... voici une visite... un Monsieur avec une petite fille, qui vous demande ! Il dit comme ça qu'il est votre cousin... son nom est... je ne me rappelle plus...

La servante paraissait essoufflée de sa course à travers les jardins ; elle arrivait quatre à quatre en grimpant sur le perron.

— Où as-tu laissé ce Monsieur, Sylvanie ?...

— Dans le salon, pardine !... il voulait me suivre comme ça... je n'ai pas voulu. Et j'ai ouvert le salon blanc où nous ne recevons plus jamais personne depuis...

— C'est bien, Sylvanie, tu as mal fait d'ouvrir le salon blanc... je descends... ah... viens avec moi, Mariette.

La jeune fille prit le bras de son grand-père et le passa sous le sien ; puis ils descendirent ensemble.

En traversant le grand vestibule en bas, avant de pousser la porte, elle lui disait à mi-voix de faire bon visage et de bien recevoir ce cousin ; sans le connaître et sans savoir d'où il venait, elle était portée à supposer le bien plutôt que le mal ; elle ne croyait pas facilement qu'on put avoir de mauvais sentiments dans le cœur.

Le vieux père Marius fit donc son entrée au bras de sa petite-fille, et la première chose qu'ils virent tous deux c'est une enfant rose et blonde. Un amour d'enfant était assis sur les genoux d'un Monsieur au visage pâle, mélancolique, portant une moustache noire avec de grands yeux fort doux, et des cheveux gris coupés en brosse rude.

Il tenait son chapeau d'une main, l'autre main retenait sa fillette ; et ce n'était pas inutile à en juger par les mouvements désordonnés qu'elle faisait, voulant sauter à terre, sans doute pour courir dans le salon.

Le premier effet fut sympathique au vieux bonhomme, et Anne-Marie se sentit attirée vers l'enfant, comme si cette poupée vivante, la première pour elle, lui eut rappelé les souvenirs de son couvent.

— Ah !... la jolie enfant ! murmura-t-elle.

— Mon cousin !... cria le vieillard, laissez donc cette mignonne venir me dire bonjour ! on dirait qu'elle est en verre, et que vous avez peur qu'elle ne se brise...

Cet accueil surprit celui qui tenait l'enfant. Il parut surtout profondément étonné à la vue de la jeune fille ; du moins, si rapide que fut cette pensée, elle fut visible pour le père Marius qui était bon physionomiste. Cependant, le visiteur s'était remis très vite ; il se levait pour saluer avec une affectueuse politesse, très correct dans son habit de drap noir qui, en le moulant parfaitement, lui donnait l'exquise élégance d'un gentilhomme.

L'enfant lui avait échappé ; mais, au lieu d'aller au devant du bon vieillard et de la jeune fille qui lui souriaient, la petite diablesse sautait vers la porte vitrée qui donnait sur le second salon, se haussant sur la pointe de ses petits pieds, pour regarder au travers.

— Eva !... dit le père, essayant une voix sévère qui ne lui était pas habituelle, veux-tu bien venir, vilaine enfant, saluer ton cousin, Monsieur Férol, et Mademoiselle...

— Anne-Marie Férol... fit avec malice le vieillard...

— Comment!... vous avez dit : Anne-Marie Férol!... votre petite-fille, mon cher cousin?...

— Qu'y a-t-il donc là de si étonnant?... continua le père Marius, clignant ses deux petits yeux d'un air réjoui; asseyez-vous, mon cousin Antoine d'Estrémont, vous voyez que je vous remets, moi...

— Voyons, qu'avez-vous donc à vous étonner?... Le jeune cousin se remit avec cette habileté que donne l'usage du monde, sourit, la bouche en cœur, pour adresser un compliment fort bien tourné à mademoiselle Anne-Marie sur sa jolie figure et sa grâce parfaite.

— C'est bon, dit le vieux Marius; à quoi dois-je l'honneur de votre visite?...

L'enfant était venu par curiosité pour regarder effrontément la jeune fille; elle l'examinait avec ce sans gêne des petits êtres gâtés et mal élevés qui se croient tout permis.

— Ne m'embrassez-vous pas?... lui disait Anne-Marie charmée, en se baissant vers elle.

— Si tu veux, Mademoiselle? dit la petite fille en se laissant embrasser; mais, dis-moi si c'est ton papa ce vieux-là...

— Chut!... fit Anne-Marie, espérant qu'on ne l'avait pas entendue, parce que les deux cousins causaient ensemble; c'est mon bon grand-père que j'aime beaucoup!... Elle l'embrassa encore sur les deux joues. Puis elle arrangea son grand chapeau noir qui s'en allait en arrière, et répara le désordre des boucles blondes comme de l'or. Les cheveux étaient bien fins, bien doux, comme des écheveaux de soie, un front blanc, un front pur de chérubin; des yeux d'un bleu céleste; un teint éblouissant de cette fraîcheur qu'ont les amours roses et blancs sur des tableaux d'Église.

Et Anne-Marie qui avait aussi de jolis yeux bleus, de doux cheveux blonds et un teint de lys et de roses, cela faisait un effet saisissant, ces deux têtes l'une contre l'autre on aurait dit les deux sœurs.

Seulement nous sommes forcés d'en convenir, l'expression de la jeune fille était angélique; tandis que la petite ressemblait mutine et drôle à une petite chatte mal élevée, elle repoussa d'abord les baisers qui l'ennuyaient, d'un geste charmant, riant en montrant toutes ses petites dents blanches et fines, elle s'écria :

— Il a une figure toute chiffonnée ton grand-père! on dirait qu'on s'est assis dessus!... Est-ce qu'il ne gronde pas trop au moins?...

— Il ne gronde jamais, répondit la jeune fille; comment t'appelles-tu?...

— Éva, et toi!...

— Anne-Marie.

— Anne-Marie! c'est trop long! en voilà un nom!

— Pourquoi t'appelle-t-on Éva?

— Et toi, pourquoi t'appelle-t on Anne-Marie?

— On m'appelle Anne, du nom de ma mère, et Marie, du nom de la Sainte Vierge, parce que ce nom porte bonheur et que toute notre famille le porte.

— Qu'est-ce que tu contes là!... ça porte bonheur, je ne connais pas la Sainte Vierge, moi!...

— Que dis-tu, ma petite?... on ne t'a pas appris à prier la Sainte Vierge?...

— Je ne prie jamais... ni papa non plus!... Anne-Marie eut un geste désolé. En ce moment, la voix du grand-père s'élevait, un peu moqueuse :

— Mon cher Antoine j'en suis bien fâché pour toi. Vraiment! tu ne m'as pas demandé mon avis avant de te mettre en route; je n'ai pas d'autre maison que celle-ci, et je ne suis pas riche du tout; ainsi, si tu comptes sur mon héritage...

Il plissait tellement ses yeux qu'on ne les voyait plus; et il riait aussi, mais sans montrer ses dents, par la raison toute simple, c'est qu'il n'en avait plus.

Le cousin Antoine prit le parti de rire de bonne humeur, protestant que jamais de sa vie il n'avait eu cette horrible pensée d'héritage; qu'il avait fait ce voyage fatigant avec sa chère enfant, pour venir trouver le seul parent qu'il eut en ce monde à présent; et, avec un gros soupir, levant les yeux au Ciel, avec affectation, il ajoutait que la mort de sa femme le laissait affreusement isolé sur terre, avec une fille de six ans sur les bras, à élever.

— Père!... s'écria Éva, tu ne dis pas la vérité : je ne suis jamais sur tes bras, parce que ça m'ennuie! je ne veux pas qu'on me porte!... et puis, ce n'est pas toi qui m'élèves, c'est Palmyre...

— Qui est-ce Palmyre?... viens que je te regarde de

près petite fille... dit le bon vieillard en la prenant dans ses bras pour la baiser au front et la contempler avec plaisir.

La petite se dégagea en glissant fort adroitement, et en se secouant, d'un air très effronté ; puis, se roulant pour éviter d'être reprise, elle répondit :

— Palmyre!... C'était la femme de chambre!... nous ne l'avons plus parce que nous ne sommes plus riches... et nous n'avons plus de maison là-bas!... plus de meubles!... C'est pour cela, Monsieur mon cousin, que nous sommes venus habiter chez toi.

— A la bonne heure ; tu dis la vérité toi!

— Père ne voulait pas que je le dise. Mais, je suis en colère, na! Parce que je n'ai plus Palmyre qui s'amusait avec moi tous les jours....

— Excusez le bavardage de cette enfant, mon cousin, elle a été fort mal élevée, dit Antoine d'un air contrarié.

— Sa mère n'avait pas le temps sans doute, répondit le père Marius ; elle allait beaucoup dans le monde ; et c'est cet amour du monde qui a dévoré ta fortune, n'est-ce pas?... Allons pourquoi me le cacher?... A quoi bon faire des embarras avec un vieux bonhomme sans façon, comme moi?... Ta fille l'a dit, Antoine, tu n'as plus rien.

— Tu as dû tout vendre pour payer ton voyage, et c'est pour cela que tu es venu me trouver...

Antoine semblait fort mal à son aise; ces c'airs petits yeux qui le fixaient à travers les paupières demi-closes, et ce naïf regard de la jeune fille, il faut l'avouer, cela le troublait étrangement, comme si on eut pu lire jusqu'au fond de son cœur les vilaines pensées qui s'y trouvaient.

— Voyons, reprit le bon vieillard sur un ton doux et caressant, désirant faire quelque bien à ce parent qu'il jugeait dans la peine; c'est naturel qu'on s'entr'aide les uns les autres; la famille, vois-tu ça doit-être une société de créatures liées ensemble comme les doigts de la main.

Il élevait sa petite main ridée.

— Tu viens chez moi, c'est bien.

Tu te contenteras d'une chambre là-haut, ta petite fille aura son lit dans la chambre d'Anne-Marie; mais il faut que tu te trouves une position quelconque : un homme ne doit jamais rester inoccupé. Tu es instruit au moins! Je suppose que tu n'es pas un ignorant comme moi, qui n'ai jamais su faire autre chose que de m'occuper de ma lande et de rendre aux uns et aux autres quelques petits services — ce qui, entre nous soit dit, m'a pris une existence de quatre-vingt-quatre années... Quatre-vingt-quatre ans! oui, regarde-moi bien, et je suis solide tout de même et j'ai ma raison; je ne l'ai jamais laissée au fond de mon verre d'abord. Enfin, tu verras que je suis un peu influent; j'irai voir notre préfet, c'est un bon homme... Un bon homme si on veut... moi, je le trouve un peu pédant; mais, tout de même il voudra m'obliger et il te trouvera une petite place quelque part. Nous en causerons. Ça n'a pas l'air de te sourire pour le moment...

— Mon cher cousin, je vous demande pardon, cela me

sourit beaucoup au contraire; je ne demande pas mieux que d'avoir une belle et honorable position...

— Tu n'espères pas toujours que le préfet s'en ira pour te donner sa place?...

— Oh!... la place d'un préfet dans un misérable pays comme celui-ci... ce n'est pas grand'chose...

— Vraiment! mon cousin tu n'es pas difficile!... sais-tu que tu es fort ambitieux! tu voudrais peut-être qu'on te nomme roi en Prusse ou ailleurs...

— Les rois ne sont pas si heureux que ça...

— Tu as raison; et moi je ne voudrais être roi nulle part. Quand tu me connaîtras un peu mieux, tu m'entendras parler politique. Mais, sais-tu que je vois clair; ah! tu te dis peut-être : « Ce vieux là avec ses petits yeux à demi fermés, il n'y voit goutte. » Eh! bien, tu te trompes; je vois que tu es ennuyé en ce moment; cela te contrarie que je te parle de mon préfet qui pourra te trouver une occupation; ce que tu aimerais mieux, c'est d'avoir cent mille livres de rentes, pour aller t'amuser à les manger, non pas ici, dans ce misérable pays comme tu dis, mais où tu as déjà mangé ton argent, là-bas, dans la fournaise... Tiens n'en parlons plus! tu es dans le cas de m'en vouloir. As-tu faim ou soif?

Et cette petite luronne?... un joli démon qui serait bien capable plus tard de faire comme sa mère!... Cette mignonne qui me regarde d'un air hostile veut-elle grignoter quelque chose?... Tu m'as l'air de vouloir me mordre, mon petit oiseau!... Oh! tu ne m'effraies pas du tout!... Regarde ma mignonne à moi : elle ne m'a jamais fait sentir ses griffes roses, elle est douce autant que belle, et bonne comme un ange; tu l'aimeras, j'en suis sûr. Viens... Comment t'appelles-tu?...

Antoine s'empressa de remercier son parent. Il voyait l'enfant se reculer; il semblait honteux de sa façon d'agir, et il prétexta que la petite devait être fatiguée.

— Elle s'appelle Éva, fit-il en terminant.

— Éva! dit le grand-père d'Anne-Marie en se tournant vers sa petite fille; ce n'est pas un nom chrétien ça, Mariette?...

Anne-Marie pensait avec tristesse que la petite n'était peut-être même pas baptisée.

Et ce fut au tour d'Antoine de lire cette pensée à travers le front pur qui la laissait passer.

— Rassurez-vous tous les deux, dit-il en riant comme si vraiment il s'amusait beaucoup. Ma fille a été baptisée; si vous ne trouvez pas son nom chrétien, je n'en sais rien; je ne m'y connais guère, j'avoue que je suis un peu athée, mais c'est fort à la mode du reste, et je ne suis pas le seul.

— Tu n'es pas le seul, c'est possible, fit le vieux sévèrement; mais tu aurais dû faire élever ta fille chrétiennement.

— Il n'y a pas de temps perdu, mon cousin, dit ironiquement Antoine.

CHAPITRE IV

Cette conversation donne un aperçu très imparfait du caractère de Monsieur le Marquis Antoine d'Estrémont.

Cerveau brûlé, esprit léger, superficiel, fat et sot personnage — ce qui est la même chose — ce marquis en somme n'était pas un mauvais homme ; son cœur s'était desséché à force de vivre dans un milieu aride, dans un monde de gens qui s'amusent et qui ne réfléchissent jamais ; mais, si on avait soufflé de bonnes choses dans son cœur, il eut été susceptible de devenir meilleur. La dot de sa femme avait réparé la brèche qu'il avait faite à sa fortune depuis la mort de son père, mais, sa femme était frivole comme lui, tous deux suivaient l'attrait irrésistible qui les poussait vers le même but.

Veuf à quarante-cinq ans, et presque ruiné complètement, le marquis fit un triste retour sur lui-même.

Il se souvint alors qu'il était père d'une charmante petite fille de six ans, et il la regarda attentivement, en remarquant qu'elle avait les traits de sa mère, était déjà femme, qu'elle aimait la toilette, qu'un chiffon la parait et la rendait fort élégante.

Il s'amusa quelques jours avec cette poupée; essayant de se distraire, de se consoler, cherchant dans la société de cette enfant ce qu'il pourrait faire dans l'avenir. Cette réclusion dura huit jours.

Il eut le temps de constater que sa fille abandonnée jusqu'à ce moment à une femme de chambre du nom de Palmyre, était fort mal élevée; elle avait des expressions communes qu'on souffre d'entendre dans une bouche enfantine.

Il essaya de sévir, mais il ne sévit pas, car il ne voulait pas faire pleurer cet ange. Il fut inhabile à la sermonner, et il se fatigua vite. Alors, il se contenta de renvoyer Palmyre et tous ses domestiques; il prit une grande résolution : il vendit son hôtel, ses meubles, ses chevaux, ses voitures; il fit argent de tout, et alla demeurer dans un hôtel meublé.

Son esprit froid calcula la somme dont il disposait, et cherchant le moyen de ne rien dépenser du tout, en prévision de l'avenir, il eut l'idée d'aller demander asile et protection à un vieux parent de sa femme, qui devait être un bon homme, et qui, n'ayant pas d'héritier, lui laisserait certainement son héritage.

Cette belle pensée le fit sourire, et il embrassa sa fille de bonne humeur. Voilà comment il se fit qu'il arriva un beau jour de printemps chez M. Marius Férol.

Sa surprise fut très désagréable d'abord de rencontrer

des chemins si mauvais, dans ce détestable pays des Landes qu'il ne pouvait pas considérer avec enthousiasme, n'ayant pas une miette de poésie dans l'âme.

Une autre surprise non moins pénible l'attendait : c'était de trouver une héritière dans la petite-fille de son vieux cousin. Il avait eu même beaucoup de peine à se relever de ce choc, et à paraître, en homme du monde consommé, admirer beaucoup mademoiselle Anne-Marie. Cette jeune fille si charmante n'était à ses yeux qu'une petite ingénue de la province qui sentait la pensionnaire échappée du couvent. Ses traits lui paraissaient manquer de régularité ; sa fraîcheur, il la traitait de vulgaire ; ses beaux cheveux blonds n'étaient pas relevés avec l'art de la mode ; son costume de deuil était sans élégance ; ses mains allaient sans doute s'abîmer en faisant des travaux de cuisine ou de lessivage avec l'horrible servante de cette maison.

La maison ne trouvait pas justice devant l'irascible et difficile marquis ; c'était une bicoque mal construite dans un bas fond ; on avait les pieds dans l'eau !... Il s'était mis à marcher sur les pointes de ses souliers vernis ; il avait toussé, disant que ça sentait le marécage ; et il avait demandé à son *cher cousin* s'il n'avait pas une meilleure habitation en ville.

Voilà pourquoi, sur un ton moqueur, le vieux père Marius lui avait répondu : « Je n'ai pas d'autre maison que celle-ci, j'en suis bien fâché pour toi... » et il s'était mis à le tutoyer, à le traiter en petit garçon. Antoine avait feint d'en être fort touché, d'avoir beaucoup d'estime et d'affection pour son vieux parent.

Lorsque celui-ci eut l'idée de lui parler d'une position, en disant qu'un homme devait être occupé, Antoine faillit se trahir et manifester son indignation; mais, il étouffa ce mécontentement sous un air de bonhomie.

— Ah!... pensait-il en lui-même, tu crois, vieux singe, que je vais commencer à travailler à l'âge de quarante-cinq ans!... Il découvrit, en faisant cette réflexion, qu'il n'était plus jeune; il se sentit fatigué, ennuyé, et cela lui arracha un soupir et des regards mélancoliques, mettant habilement cette tristesse sur le compte de son récent veuvage. Il parla doucement de sa chère Armide, si belle, si bonne, qui avait fait le bonheur de sa vie pendant près de sept ans, et qui laissait un vide immense, que rien ne comblerait plus dans son cœur.

On était à table, ému, le vieux Marius fit un retour sur ses cinquante-cinq ans de parfaite union, sans un seul nuage.

Et il disait vrai, lui. Il s'était marié à vingt-neuf ans; la bonne Nicolle en avait alors vingt-cinq. Il évoquait ce temps radieux de leur jeunesse avec un visage soudain triste à pleurer.

Et cela ennuyait mortellement Antoine qui ne savait à quel diable se vouer.

Anne-Marie devina cette fâcheuse impression. Elle étudiait très bien les physionomies, et se sentit fort chagrine de voir ce nouvel hôte sous le toit de son bon grand-père, et cette enfant qui, avec les traits d'un ange, dévoilait déjà les mauvais penchants d'une âme abandonnée à elle-même.

Le vieux père Marius fit donc son entrée au bras de sa petite-fille. (p. 36).

Coquette, gourmande, sans gêne, elle faisait tout ce qui lui passait par sa petite tête blonde si jolie, que c'était horriblement triste de ne pas pouvoir lui trouver une seule qualité.

Sylvanie s'était écriée en son langage naïf : Eh! quoi! faut-il loger ici ce beau monsieur qui s'est plaint en entrant de notre pays, de notre jardin, de notre maison... et cette petite qui m'a ri au nez quand je lui ai dit : « Bonjour, Mademoiselle. »

— Ma bonne Sylvanie, lui avait dit la jeune fille avec douceur, ne fais pas voir cette fâcheuse impression surtout; mon grand-père pourrait en être attristé, puisque c'est lui qui a invité son cousin à demeurer ici.

— Pardon, mademoiselle Mariette, vous n'avez pas entendu que c'était ce *mosieu-là* qui lui demandait *un asile* sous son toit; si c'est pas sans-gêne.

— Que veux-tu? il est maintenant dans l'embarras! il faut bien aider sa famille; puisque grand-père le veut, nous devons lui obéir!

La vieille servante qui avait, comme les vieux serviteurs dévoués, sa façon un peu rude et franche d'exprimer ses pensées, n'en continua pas moins ses lamentations sur cette installation qui ne lui plaisait pas.

— Si ce *mosieu-là* croit que je vais le servir, par exemple!... murmurait-elle en faisant le lit, un grand lit à baldaquin vert, qui n'avait servi à personne depuis plus de trente années; ah!... dans ce lit, je me rappelle, a couché le plus brave cœur de la terre; il y a trente ans et un peu plus peut-être, que le frère de madame Nicolle s'est couché là!... Je mettais alors, comme aujourd'hui, des draps de fine toile de Hollande; mais, je les mettais gaiement et Madame chantait devant la fenêtre; elle me disait : Sylvanie, que je suis heureuse d'avoir ici mon frère quelque temps!... Ah! pour sûr que nous étions réjouis.

Le bon temps! mademoiselle Mariette!

Pourquoi que ce brave jeune homme est mort la même année d'une chute de cheval! et qu'il s'est cassé les reins? pourquoi que les bons s'en vont, et que les mauvais restent?...

— Chut! Sylvanie!... dit en riant la jeune fille; veux-tu dire par hasard que grand-père, et moi, nous sommes mauvais?...

— Oh! Dieu sait que je ne dis pas ça pour vous que j'aime plus que tout au monde... mais pour le parent de la lune... pardon.., à quel degré est-il cousin?

— Ecoute, Sylvanie, cesse de parler ainsi, tu ferais croire que tu as mauvais cœur; mais je sais que tu es bonne, grand-père le sait aussi; mais cela l'affligerait; il croirait qu'en vieillissant tu deviens moins patiente. Je t'aiderai, ne te tourmente pas, je ne te laisserai pas te fatiguer, tu le sais bien...

— Ni moi non plus, pardine! que je ne vous laisserai pas servir ce *mosieu-là*...

— Tu diras en parlant de lui : monsieur Antoine, si tu veux; cela te sera plus facile à dire que monsieur le marquis d'Estrémont.

— Pardine! que je ne dirai jamais « le marquis » moi...

— Tu seras gentille pour la petite Eva qui est une charmante enfant.

— Belle comme un démon; mais pas comme un ange! elle m'a fait un pied de nez tout à l'heure!... La servante indignée continuait tout bas, car le beau marquis était entré pour inspecter sa chambre.

Les premiers jours de cette installation furent un peu pénibles.

Antoine paraissait faire un violent effort pour se décider à vivre dans un milieu si nouveau pour lui.

Le père Marius était aigre doux; tour à tour tendre et bienveillant, et maussade ou grognon. Il s'irritait contre les gens du monde, les titres de noblesse, disait que la vraie noblesse était dans le cœur, qu'il devait y avoir égalité sur terre.

Il criait contre ceux qui ont fait les modes, contre les innovateurs qui renversent toutes les vieilles choses et qui remuent tout.

La petite Èva entrait en révolte constamment, tantôt avec la servante, tantôt avec le grand-père, tantôt avec son père; elle n'osait pas avec Anne-Marie qui la contenait d'un regard et d'un sourire. Elle cassait les vieux vases de faïence peinte qui dataient d'un demi siècle dans cette maison, ce qui mettait une larme aux petits yeux du pauvre vieux, ce qui fâchait très fort Sylvanie, ce qui faisait gronder avec ennui Antoine, tandis que la jeune fille n'avait qu'un visage froid et sévère pour regarder l'enfant qui baissait aussitôt la tête, sentant combien elle était coupable.

Le père Marius disait de la fillette : C'est une jolie petite perruche des pays chauds, qui est venue ici déchirer, casser, abîmer tout, on ne peut rien lui faire ! que veux-tu, Sylvanie, qu'on fasse à des oiseaux qui vous mordent...

— On les met en cage !

— Ouvrez-lui plutôt les portes... criait en riant le bonhomme, qu'elle prenne ses ébats dans le jardin ; il est grand, les arbres sont solides. Et maintenant que Mariette a retiré ses rosiers, il n'y a pas de danger que la petite perruche abîme quelque chose !...

— Il lui faudrait des sabots alors ! fit ironiquement Antoine.

— Nous lui en commanderons, de très jolis et mignons comme pour une poupée ; et ce sera bien gentil à voir, entends-tu, Marionnette...

Anne-Marie souffrit beaucoup aussi pendant les premiers temps. Ce n'est pas que la patience lui fit défaut, ni sa bienveillante sympathie pour les nouveaux hôtes ; mais, c'est surtout à cause de ce pauvre grand-père qui paraissait se dominer pour exercer l'hospitalité et qui avait l'air ensuite tout malade. Elle le prit à part, un soir ; bien doucement elle glissa son petit bras sous le sien, au moment où il se rapetissait sur lui-même, tout voûté, tout triste, tout songeur devant une grande croisée ouverte sur le jardin. La nuit commençait à descendre de l'horizon, en longues voiles légères qui touchaient le champ de bruyères ; et le vieillard songeait peut-être à des choses lugubres, car son visage plissé se recroquillait encore davantage comme une rose séchée dans un livre ; et de ses yeux, sous les paupières, fuyait une petite lueur à peine visible.

— Cher grand ! à quoi pensez-vous ?... dit Anne-Marie.

Lui, il se baissa sur la petite main pour la baiser ; mais, avec mélancolie, il secouait sa tête aux blanches boucles qui traînaient sur le dos et sur une épaule ; le vent se mit à emmêler ces mèches soyeuses ; Anne-Marie les lissa, les arrangea de chaque côté de sa chère figure. Elle mit un doux baiser sur le front, sur les yeux, sur les joues, en disant :

— Front triste, déridez-vous ; yeux fermés, ouvrez-vous ; joues maussades, gonflez-vous un peu pour rire à votre Mariette.

— Êtes-vous malheureux, grand-père ?... questionna-t-elle enfin, en regardant bien en face le bonhomme qui semblait vouloir se dérober.

— Non, dit-il hésitant ; puis souriant de son bon sourire, puisque tu es près de moi.... Ah ! heureusement que tu n'es pas au couvent !

— Avouez-le, voyons, ce cousin Antoine vous ennuie !... cela vous fatigue, vous contrarie, dites-le, grand-père... ne me cachez pas votre pensée.

— Eh ! bien quoi ?... quand je te dirais : oui !... et puis après !... qu'y ferons-nous ? pouvons-nous le renvoyer d'ici ? puisqu'il n'a pas d'argent, pas de maison ; puis-je mettre à la porte un parent de ma chère Nicolle, avec son enfant encore... Un démon ! que veux-tu que j'y fasse !...

Il paraissait désolé. Il ajouta horriblement triste :

— Moi, je n'ai plus longtemps à vivre, ça ne fait rien ; mais toi, pauvre mignonne! que deviendras-tu?... es-tu destinée à tenir compagnie éternellement à ce... cousin. Il ne disait pas la crainte qui lui déchirait le cœur. Il voulait parler encore! Anne-Marie avait noué ses bras à son cou ; elle se réfugiait entre ces vieilles mains tremblantes, elle était prête à pleurer.

— Oh! ne parlez jamais de votre mort!... jamais grand-père!...

— Ecoutez!... fit-elle en se redressant soudain, illuminée d'une pensée qui séchait ses larmes ; j'ai une idée qui va vous sauver!....

— Si tu as une idée, elle doit être fameuse ; cependant je ne puis la deviner ; dis vite.

— Grand-père, j'ai remarqué que votre cousin Antoine était... paresseux ; ce qu'il redoute le plus, j'en suis sûre, c'est que vous lui trouviez une place ; répétez-lui que vous allez trouver le préfet ; invitez le préfet à dîner, mettez ces deux Messieurs face à face ; le préfet vous doit de la reconnaissance, d'abord parce vous n'avez pas voulu entamer certain procès qu'il aurait perdu, que vous auriez gagné sûrement — il le sait, vous pensez bien — or, il placera Monsieur votre cousin pour vous être agréable, et vous lui direz surtout : « Mon cousin aime mieux aller loin d'ici, il n'aime pas du tout notre pays ; » donc, il sera nommé n'importe où, et vous ne l'aurez plus! quant à la petite, laissez-la ici un peu. Nous verrons ensuite à la confier à ma bonne Mère Supérieure; quand je l'aurai d'abord façonnée tout doucement, car la pauvre enfant ne connaît pas le Bon Dieu!

— Ton idée peut être bonne, répondit le grand-père en hochant la tête; mais elle n'est pas praticable.

— Pourquoi?

— Parce que monsieur mon cousin ne veut rien faire!... Crois-tu que je n'ai pas vu ça de suite, moi!...

— Essayez tout de même, cher grand. Allons, vous invitez le préfet, n'est-ce pas?... Cela va vous distraire, vous secouer, mettre de l'animation dans votre vieille maison : on va ôter les housses du salon blanc, Sylvanie ira chercher la petite Claude pour l'aider, moi, je donnerai mon avis et mon coup d'œil, le service vous fera honneur; vous avez d'excellents vins, et Sylvanie sait très bien confectionner des pâtés de volaille.

Enfin, après tout, ce préfet n'est pas un homme inabordable, c'est votre vieil ami; je me rappelle qu'il m'a pris un jour dans ses bras pour m'embrasser, et qu'il vous a fait des compliments sur ma bonne mine. C'est décidé, grand-père!....

— C'est décidé!

— Je vais écrire votre invitation?

— Ecris mon invitation. Attends un peu, tu feras bien aussi d'envoyer un billet à mon vieil ami Martin qui n'a pas dîné ici depuis longtemps, la fête sera complète.

Ce sera curieux!... ajouta-t-il en riant, tout à fait de bonne humeur; Martin en face de mon ami le préfet, c'est comme si on mettait à la même table un ours et un renard, nous verrons qui sera le plus fort des deux! Ils sont de la Gascogne, les plus gascons qu'on puisse voir, au point que l'ours Martin en remontrerait au renard le préfet; et que mon préfet Gérôme lui prouverait que la terre est ronde parce qu'on n'en trouve jamais le bout; qu'on aurait beau courir, qu'on serait toujours dans un cercle qui n'aurait pas de fin!...

Le père Marius fut tellement réjoui de la perspective du dîner qu'il allait donner, qu'il en oublia le but pour ne songer qu'aux anecdotes que le souvenir de ses amis éveillait en lui.

Anne-Marie avait donc réussi à réveiller son pauvre vieux grand-père.

Sylvanie disait :

— Vous faites des miracles! Oh! que c'est heureux que vous soyez ici! que serais-je devenue seule avec mon maître qui est si entêté à présent.

Éva venait toujours déranger la conversation de la vieille bonne avec sa maîtresse.

Elle avançait sa petite tête, avec des yeux pétillants de malice.

— Te voilà encore avec ta Sylvanie!... disait-elle à la jeune fille.

Sylvanie lui tournait le dos; Anne-Marie essayait de faire lire l'enfant; elle lui montrait avec patience ses lettres; elle lui faisait tracer au crayon des petits dessins, ou lui donnait des images.

Elle lui apprenait surtout qu'il y avait là-haut, dans ce beau ciel bleu, un Dieu qui nous voyait. L'espiègle faisait semblant d'être très attentive, puis elle éclatait de rire :

— Ce n'est pas vrai ce que tu me dis là, faisait-elle, je sais que ce sont des contes de nourrice faits pour amuser les enfants. Moi, je ne suis pas une enfant, on ne m'y attrape pas!...

Anne-Marie s'était d'abord désolée; mais elle reprenait courage, pensant que cette tâche lui avait été confiée, qu'il ne fallait pas l'abandonner à d'autres ; et puisque le cousin Antoine la laissait entièrement libre, elle prenait son temps; à force de parler du bon Dieu à cette petite, elle finirait bien par la convaincre, son âme était si neuve, si innocente!

Et puis, elle aimait Èva comme on aime ce qui est joli et gracieux.

— Tu n'as jamais eu de poupée, Marionnette! disait le grand-père, en voici une! Ou bien, il appelait la petite sauvage une petite chatte qui égratigne, une jolie perruche qui mordille et casse tout. Est-ce qu'on peut raisonner des petits chats ou des oiseaux!... faisait-il.

Antoine avait toujours l'air fort ennuyé.

Il semblait porter la maison et ceux qui l'habitaient sur son dos.

On aurait dit qu'il faisait une grande concession, un grand sacrifice en demeurant chez M. Férol.

— Comment avez-vous fait pour vivre tant d'années ici!... disait-il en ayant l'air de bouder.

Il ne voulait pas sortir, trouvant la campagne affreuse et malpropre.

— Vous n'avez pas de viande dans ce pays de cocagne!... disait-il.

— Comment! que dis-tu, Antoine; tu prétends que nous sommes dans un désert.

— Oh! est-ce que vous appelez du monde tous ces paysans qui promènent leurs bêtes, par exemple!... moi je dis que vos bergers sont d'horribles bêtes à longues pattes; que vos champs sont infectes! que vos bruyères roses sont monotones! et que ce sera fameusement heureux le jour où on viendra remuer vos terrains bourbeux, dessécher vos marais, et apporter nos plantations pour vivifier votre air!....

Le père Marius, prêt à se fâcher, s'apaisait sur un regard d'Anne-Marie.

— Je vais te présenter à mes deux amis; ils vont venir dîner ici la semaine prochaine, répondait le bonhomme en se frottant les mains. Ça te distraira, Antoine. Vois-tu, Mariette a raison, rien n'est plus malsain que la tristesse, et l'ennui vous rend tout malade. Tu vas avoir un bon dîner; tu verras si mes landes n'ont pas de viande! deux hommes les plus brillants, les plus importants... Ah! ah!

Antoine pensait : Si tous deux ont ce vieux visage en parchemin jauni, ils sont jolis! Ah!... que suis-je venu faire dans cette galère!... Ce qu'il était venu faire dans cette galère, il le savait bien, et c'était trop dans son intérêt pour qu'il eût la pensée de s'en aller. Le soir, quand il tétait son portefeuille, quand il l'ouvrait mystérieusement, dans sa chambre bien close, et qu'il comptait avec amour une dizaine de billets de banque, cela le dédommageait de ses mille contrariétés de la journée ; il était devenu avare après avoir été si prodigue. Il avait des lueurs étranges dans les yeux en contemplant sa petite fortune ; et pour ne pas l'ébrécher, que n'aurait-il pas enduré!... oui, il supporterait cette existence monotone et stupide pendant quelque temps encore. Il avait écrit à un de ses amis d'enfance qu'il avait perdu de vue depuis trois ou quatre ans, mais dont il avait retrouvé la trace en Amérique ; il savait cet ami dévoué autant qu'intelligent : « Je suis sûr qu'Emile s'est tiré d'affaire là-bas! se disait-il en manière de consolation ; il m'aimait bien, nous étions très unis ; il va me faire venir près de lui, alors, mon argent me servira pour mon installation ; puis, je me lancerai dans des spéculations qui réussiront certainement, du moment qu'Emile s'en mêlera. » Cet espoir caressé à lui tout seul, caché au fond de son cœur, c'était la seule force que le cousin Antoine put trouver pour subir un séjour dans un pays landais si horrible.

Le jour du dîner arriva comme tout arrive. Antoine qui ne l'avait ni désiré, ni attendu fut médiocrement satisfait un matin de voir tout en l'air dans la maison. Sylvanie se démenait au milieu d'un bataillon de casseroles ; la petite Claude plumait une dinde et les plumes voltigeaient partout.

En soupirant, le triste marquis faisait un retour sur les dîners qu'il avait donnés.

Jamais de sa vie il n'avait pénétré dans une cuisine, jamais il n'avait vu ce travail culinaire de si près. Son cuisinier était le meilleur cuisinier de Paris; fier de son talent, il eut fait comme Vatel, il se serait percé le cœur d'une brochette, plutôt que de perdre sa bonne réputation.

— Ah!... tu vas avoir un fameux dîner, mon cher Antoine!... répétait le vieux Marius en se promenant tout content.

— Je regrette vraiment, mon cher cousin, de ne pas avoir pu vous mettre à ma table, dit Antoine avec une légère nuance de raillerie. Imaginez-vous, si vous pouvez, une large table de quatre-vingts couverts, brillamment éclairée, couverte de cristaux magnifiques. J'avais un superbe service de Bohême. Une corbeille de fruits et de fleurs au milieu, des coupes remplies de hors-d'œuvre succulents. Toutes les viandes, tous les pâtés, tous les mets les plus rares et les plus exquis, des vins d'Espagne et de France très recherchés, des glaces et du champagne. Ah! mon cher cousin!... les festins de Balthasar!... Le schah de Perse a dîné chez moi!... J'avais tous les grands d'Espagne, et le duc de Navarre....

— Tu as été bien avancé... fit tranquillement le vieillard.

— Nous donnions la mode, Armide et moi, poursuivit Antoine, entraîné par ces orgueilleux souvenirs. Quand elle paraissait avec ses toilettes éclatantes semées de diamants, on se pressait en foule pour la voir; on se poussait comme à une fête publique. Elle était si jolie, la marquise, et si grande dame. Aussi, dès le lendemain, toutes les dames se commandaient une robe semblable. Cependant, aucune n'avait ce chic....

Ah!... quand nous dansions au bal, il y avait toujours cohue, des accidents de voiture dans les rues, des gens étouffés. On montait sur les toits pour voir descendre nos invités. Nos dîners de gala, personne ne pouvait en rendre un semblable! C'était une féerie!...

— Qu'y as-tu gagné?... demanda le vieux Marius.

— Oh!... j'ai gagné d'être le seul de mon rang, inimitable, mon cher cousin!...

Aujourd'hui j'ai fait le plongeon, j'ai disparu, mais, on croit que c'est le chagrin qui m'a fait fuir le monde, on pense que je voyage avec ma fille, et que je reparaîtrai dans quelque temps plus brillant qu'autrefois, car j'aurai une fille à présenter dans notre monde....

— A quel âge, père, me présenteras-tu, lui demanda Éva qui avait dévoré les paroles de son père; ses yeux pétillaient, elle remuait d'aise, la jolie poupée, comme si une petite machine intérieure eût agité ses petits bras et ses petits pieds.

— Quand tu auras quinze ou seize ans, ma fille; ce ne pourra pas être avant une dizaine d'années d'ici... répondit le marquis.

— Alors, tu auras fait fortune, je t'en félicite, dit tranquillement le bonhomme.

Un éclair traversa la physionomie d'Antoine, il sentait la moquerie, et le dépit faillit lui arracher son secret du portefeuille qui comptait dix billets de mille francs, et de sa lettre à Emile, qui allait sans doute lui attirer une bonne réponse.

— Oui... j'espère bien me tirer d'affaire, fit-il en se mordant les lèvres ; et, il boutonnait son habit, tâtant le bien-aimé portefeuille, qu'il ne quittait jamais.

— V'là notre monde qui arrive !... dit alors la vieille servante.

Et les Messieurs firent leur entrée.

Celui que le père Marius appelait le renard, et celui qu'il nommait l'ours Martin.

Ils dirent de suite qu'ils s'étaient rencontrés, et qu'ils étaient venus ensemble.

Antoine dévisageait, froidement poli, ce préfet au fin visage du renard : des yeux noirs très vifs, le nez allongé en museau, le menton fuyant, quelque chose de rusé dans le sourire, mais c'était l'honnête malice du gascon qui vit de bons mots autant que de bons repas.

Son compère et compatriote, l'ours Martin, était de formes massives, trapu, le front chauve, ce qui n'est pas ordinaire chez un ours — mais l'air bon enfant d'un ours apprivoisé, qui a l'habitude de gasconner avec tout le monde.

Antoine soupirait, quelle perspective que ce repas en si bonne compagnie.

CHAPITRE V

Ce repas était digne des gourmets qui s'y trouvaient; tous, à l'exception de la douce Anne-Marie, qui était fort sobre, y firent honneur. Jusqu'à la mignonne Éva qui, perchée sur son haut tabouret, grignottait, à belles dents blanches, les jolis bâtons à la vanille confectionnés par Sylvanie.

Mais il y avait comme une énigme figée sur la figure rusée du préfet; et Martin taquinait beaucoup son ami Marius, essayant de deviner le plat de dessert que préparait Jérôme Bausset.

Antoine ne se préoccupait de rien.

Il rêvait dans son assiette à la réponse probable d'Émile, et comptait sur ses doigts combien il y avait de jours qu'il lui avait écrit.

Anne-Marie ne regardait que son grand-père, remarquait avec plaisir une animation inaccoutumée sur son visage ordinairement placide; les pommettes saillantes, un peu rouges, lui donnèrent un instant d'inquiétude. Cependant, elle vit qu'il buvait fort peu et touchait à peine aux mets que Sylvanie retirait prestement de devant lui, dans la crainte que son cher maître ne se rendît malade.

Avait-il pu causer avec son ami Jérôme, on pouvait le supposer; surtout la jeune fille, qui, connaissant le caractère de son grand-père, s'aperçut qu'ils conversaient tous deux par leurs regards et leurs gestes. Les gestes tendaient vers un seul but que Martin surprit enfin.

C'était le cousin Antoine, qui était dans les nuages.

— Ça... dit enfin le préfet en cassant une noisette, qui veut gagner beaucoup d'argent sans se donner la moindre peine?...

A ces paroles si simples, Antoine leva le nez; ses yeux vagues se remplirent d'éclairs, il eut un sourire admirateur.

— Moi, Monsieur le préfet, fit-il.

— Vous, Monsieur le marquis d'Estrémont. Ah! je croyais que vous étiez de ceux qui ont assez d'argent pour vivre, qui ne s'inquiètent jamais de ce que coûte la vie, et qui se plaisent à vivre moitié sur la terre moitié dans la lune.... Cela dit sans vous offenser surtout... Car, du moment que vous êtes parent de mon ami Marius, ce bon monsieur Férol, que j'estime plus que tout au monde, vous comprenez que....

— Alors, dites-nous comment il faut faire pour gagner beaucoup d'argent sans se donner aucune peine... s'écria gaiement le bon vieux Marius; ah! ce Jérôme! il a plus d'une malice dans son sac! vous allez voir ça!... écoute-le bien, Antoine.

Antoine un peu contrarié eut un sourire approbateur, mais il ne dit rien.

— Toi d'abord, Marius, je te dis que, parce que tu es mon aîné de quelques années, tu te crois tout permis; tu raillerais l'empereur de la Chine lui-même si l'empereur de la Chine venait dans les Landes....

— Passons sur ce sujet; ne cherche pas à m'agacer avec tes empereurs de n'importe quel pays; je me moque d'eux.

Au fait!... au fait!... je demande à gagner beaucoup d'argent sans me donner aucune peine.

— C'est bien simple, repondit le préfet : il suffit de participer à l'œuvre de fertilisation de l'ingénieur Brémontier, partir pour l'Amérique, aller choisir des plants magnifiques, en pleine sève, et les envoyer dans notre malheureux pays qui devra sa richesse et son bonheur à cette heureuse transformation. Peut-être trouverez-vous que mon idée est mauvaise, parce que il y a le dérangement et le voyage, le changement d'habitudes enfin. Bast! ce n'est pas là une chose si terrible, moi, qui suis le préfet de ce pays, qui vois une utilité dans ce déplacement d'un personnage dévoué — connaisseur bien entendu — je paie le voyage; et je donne même une large indemnité au voyageur!...

— Ton idée peut être bonne, dit Marius en fermant à demi ses petits yeux qui avaient un vif éclat; mais, elle ne vaut rien par ici, car je ne suis plus jeune, je n'ai jamais eu le goût des voyages, du reste, et puis, je ne me range pas dans le camp des admirateurs de Brémontier, moi. Voici ma petite-fille qui te dira que je gémis chaque jour sur ces changements qu'on veut faire dans ma lande....

— Tu es un entêté, toi, fit Jérôme avec son fin nez de renard, mais, tout le monde n'est pas de ton avis. Qu'en dites-vous, Monsieur le marquis? Trouvez-vous que mon idée est mauvaise, et que cela ne vaut pas la peine de se déranger pour aller dans ce pays de l'or, où l'on peut faire sa fortune en profitant de l'occasion.

Antoine avait eu un mouvement de joie très visible; il s'était contenu pourtant, ne voulant point paraître intéressé; il pensait qu'en allant là-bas il trouverait Émile, et qu'il ne dépenserait rien du tout pour ses frais de route.

— Peutch!... fit-il, en voilant ses yeux trop tard, de sa longue main fine et blanche, moi, tel que vous me voyez, Monsieur le préfet, j'ai beaucoup voyagé; j'ai l'expérience des choses et du monde, je suis persuadé qu'en fertilisant ce pays on lui fera un grand bien; et, comme je n'ai rien à faire; que j'éprouve même le besoin de me distraire un peu, je ne demanderais pas mieux d'aller en Amérique à la recherche de vos plantations... Mais, cette enfant m'empêcherait d'accomplir ce projet, le voyage ne lui conviendrait nullement; je ne puis exposer une enfant si jeune aux péripéties, aux fatigues et au changement de climat.

— Qu'à cela me tienne! s'écria Marius; si cela te fait plaisir d'aller te promener en Amérique, nous te garderons ici miss Éva, je te réponds que Mariette en aura soin! Elle l'élèvera mieux d'abord que Palmyre. Il faudra lui couper les ailes seulement.

Celui que le père Marius appelait le renard, et celui qu'il nommait l'ours Martin. (p. 63).

Antoine qui avait dit ses dernières paroles pour provoquer cette réponse, voulut avoir l'air d'être bon père ; il caressa la blonde tête de sa fille en disant :

— Pourrais-je me résigner à la quitter! Le voudrais-tu, Éva, que je parte, que j'aille bien loin d'ici? Tu ne me verrais plus!...

— Cela m'est égal! répondit franchement la petite.

— Que les enfants sont ingrats! soupira le père.

— Les enfants sont ce qu'on les fait, que veux-tu! exclama franchement Marius; ne te plains pas, Antoine, crois-moi, cette petite t'embarrasserait trop, n'importe où tu irais, et dans n'importe quelle position; ce n'est pas aux hommes à jouer le rôle de la mère nourrice; il faut laisser ça aux femmes, aux jeunes filles surtout. Et — ce n'est pas parce que Mariette est ma petite fille — mais, je t'affirme que voilà une bonne petite institutrice toute trouvée pour Éva, et que, dans aucune pension, tu ne rencontrerais ce dévouement et ce bon vouloir.

— Bravo!... fit Jérôme; je suis de ton avis, Marius, et cela ne m'arrive pas souvent,

— Moi aussi, parbleu! s'écria Martin, en se retournant tout d'une pièce pour mettre sa grosse main rude et brune sur la petite main d'Anne-Marie qui rougissait un peu tout en riant pour se donner une contenance. Et, elle envoya un sourire de remerciement au préfet, un regard content à son grand-père; car elle avait deviné que c'était là le secret, le grand moyen d'éloigner le cousin Antoine.

Cette pensée la réjouissait; quelle bonne inspiration!

— Acceptez-vous de partir? demanda Martin, l'air bonasse, moi, je ne pourrais pas; du reste je n'ai pas votre éducation, votre savoir, chacun son affaire, vous n'entenderiez goutte dans mes spéculations de vieux rentier qui calcule les moindres sous qui doivent rentrer de ses métairies; et moi, je ne saurais pas me faufiler dans votre société, je n'ai pas non plus le talent d'orateur; et pour ce qui est de savoir combiner des plans avec Monsieur Brémontier, je me retire... Je dirai bien, comme ça : Desséchez ce marais qui nous donne les fièvres; empêchez les eaux de s'écouler sur nos terres; faites-en venir sur les côtés trop secs, afin que notre herbe pousse un peu mieux... Mais je ne connais pas les méthodes d'isolement, d'assainissement, de drainage.

— Je n'ai pas étudié l'agriculture, dit Antoine; cependant, il ne faut pas beaucoup d'efforts pour comprendre ces méthodes de la science et de l'industrie qui luttent actuellement pour combattre la nature marâtre de cette région désolée. Cette petite localité, où nous nous trouvons, prospérera surtout quand on aura réalisé ce projet de canaux dans le but d'unir le bassin de l'Adour à celui de la Garonne. Vous verrez alors, mon cousin Marius, que vous aviez tort de gémir; votre canton n'a fait que son pont de pierre jeté sur l'Adour, son église qui date du XIIe siècle a conservé une crypte assez curieuse avec un ancien sarcophage orné de bas-reliefs qui ne sont pas vilains, en somme *Aire* est un trou qui peut devenir un pays gentil. Ici, depuis que je suis arrivé, je n'ai pu jouir de votre belle nature, comme vous l'appelez; et votre maison a *les pieds dans l'eau*.

— Oui... Oui!... les pieds dans l'eau!...

L'ours Martin riait à se décrocher son énorme machoire qui fonctionnait aussi habilement qu'un casse-noisettes.

— Cette idée de Monsieur le marquis est assez originale, dit le préfet, qui n'était pas très flatté du jugement qu'Antoine portait sur son pays.

— Admirateur de cette lande, Monsieur le marquis, j'ai refusé d'être préfet dans le département de la Seine, voulant jouir un des premiers des transformations qui sont annoncées.

— On regarde d'abord son intérêt! fit Martin avec une rude franchise.

— Vous n'avez par l'air de me croire, Monsieur Martin! s'écria le préfet assez railleur; allons, puisque vous êtes si intéressé, si âpre au gain, pourquoi ne partez-vous pas à la place de M. le marquis?...

— Je ne saurais pas où aller chercher vos plantations, ni traiter avec les gens de là-bas qui sont des fins matois... répondit simplement Martin, sans se fâcher.

— Cela n'est guère difficile! dit gaiement Antoine. Je connais un riche colon — c'est même un camarade d'enfance que je retrouverai avec plaisir, qui a des champs magnifiques, des rizières, des cannes à sucre, des palmiers superbes... Je ne pense pas faire venir dans votre pays des choses qui demandent une culture particulière, mais il y a beaucoup d'arbustes dans des pépinières très vivaces, qui peuvent être transplantées et qui supporteraient le voyage.

— Alors, tu pars? dit Marius.

— Quand partez-vous?... demanda vite le préfet, il faut venir me trouver demain, nous réglerons tout cela ensemble.

Il avait assez de délicatesse, ce brave préfet, qu'Antoine avait jugé un rustre, pour ne pas traiter la question d'argent devant tout le monde.

Le marquis était tout changé depuis qu'il était question de partir pour l'Amérique; il avait un entrain, un brillant qui amusa beaucoup les convives; on aurait dit qu'il avait dépouillé cette maussade figure pour en prendre une plus jeune, plus souriante.

Anne-Marie était fort étonnée; à plusieurs reprises elle s'oublia à regarder attentivement le cousin Antoine, le trouvant plus aimable, et même spirituel; il aurait tenu compagnie au grand-père d'une façon au moins utile, et on n'aurait certes pas songé à l'éloigner de la maison. Jamais cette jeune fille n'avait vu d'autres hommes que ces vieillards qui étaient réunis à cette table, et elle pensait naïvement que ce marquis d'Estrémont n'était ni un sot, ni un vilain personnage; elle se souvint tout d'un coup que c'était un athée, et ce souvenir la rendit un peu triste.

Le lendemain ayant l'occasion de se trouver seule avec Antoine, tandis qu'il lisait un journal, et qu'elle arrangeait des fleurs dans des vases, elle cherchait comment s'y prendre pour sonder son âme au point de vue religieux.

Antoine jeta son journal et dit très gaiement à Anne-Marie :

— Vous aimez les fleurs, ma cousine!... quand j'en verrai des plantations, j'aurai soin d'y joindre une caisse des plantes rares qui poussent dans ce charmant pays. Sa terre produit non seulement l'or, l'argent, le fer, elle donne encore les plus admirables fleurs, dont vous n'avez pas même une idée!

— Et toutes ces choses-là, qui donc les fait sortir de terre?... s'écria Anne-Marie emportée par son ardeur religieuse, contente de trouver une occasion qu'elle cherchait.

— Mais, répondit Antoine sans comprendre, vous savez ma cousine qu'on cultive très habilement les plantations en Amérique, et que ce sol merveilleux fournit des fruits et des arbres qui ne ressemblent pas à ceux de France.

— Je veux vous parler de Celui qui a créé des mondes et qui les tient suspendus dans sa main... fit la jeune fille, en hésitant un peu, car ce rôle d'apôtre était nouveau pour elle.

— Ah!... fit Antoine gaiement, c'est vrai je n'y pensais pas, moi!... savez-vous, ma chère cousine, que votre bon Dieu a joliment d'ouvrage là-haut, si, au lieu de se reposer, il faut qu'il tienne tous les mondes dans sa main... diable!... pourvu qu'il ne se fatigue pas!... le jour où il prendra une crampe au bon Dieu, il lâchera tout! quelle dégringolade!... j'aime autant ne pas être du monde!... c'est vrai, ce sera la fin du monde... Il riait.

Anne-Marie avait pâli; ses yeux sombres semblaient étinceler.

— On ne plaisante jamais sur des choses aussi saintes... dit-elle sévèrement.

— Je me tairai donc, puisque cela vous déplait, répondit Antoine en s'inclinant.

Puis ne voulant pas être fâché, il lui prit doucement la main :

— Pardonnez-moi, ma cousine, dit-il, je vais partir, ne gardez pas une trop mauvaise opinion de moi au moins, je ne suis pas si diable que je parais, et même si j'étais le bon Dieu, je serais un brave homme, car je ne punirais pas les méchants en les envoyant rôtir pour l'éternité. Vrai, l'éternité est trop longue, c'est trop sévère pour un petit temps de folie... vous paraissez indignée, Anne-Marie.

— Oui, je suis indignée! s'écria le jeune fille tremblante, vous me faites peine et pitié... je vous plains beaucoup!

— Je ne suis pas le seul à plaindre alors. Que voulez-vous, je n'ai pas été dans un couvent, moi! oh! si j'y avais été, j'aurais donc scandalisé toutes ces braves religieuses?...

— Votre femme était-elle comme vous?...

— Ma foi, je crois bien qu'Elvire pensait comme moi, cela valait mieux du reste; pour vivre ensemble il faut avoir les mêmes opinions; admettez-vous qu'on se dispute toute la vie?

— On ne se dispute pas, mon cousin!... moi je ne me dispute pas avec vous... je vous parle ainsi pour la première fois, et si vous étiez resté ici j'aurais souvent renouvelé ce sujet de conversation dans l'espoir de vous convertir.

— Vous ne me convertirez jamais ! je suis trop vieux...

— Trop vieux ?... quel âge avez-vous donc ?...

— Je ne cacherai pas mon âge, je ne suis pas une femme ; quand je devrais passer à vos yeux pour un vieux bonhomme, j'ai quarante-cinq ans, ma cousine, quarante-cinq ans, que je pense comme je viens de parler.

— Que pensez-vous faire ?... vous chasseriez le naturel, il reviendrait au galop !...

Anne-Marie soupira. Elle trouvait que le cousin Antoine ne portait pas sur son visage ce grand âge de quarante-cinq ans, mais il avait peut-être raison, il ne pouvait pas facilement se convertir.

— Au moins, dit-elle, vous me laissez Éva ; elle est toute jeune, je puis apprendre à cette enfant à connaître Dieu, à l'admirer dans ses œuvres, à le servir et à le prier....

— Faites ce que vous voudrez !... dit Antoine en riant ; si jamais Éva vous ressemble, ce dont je doute fort, je ne me plaindrai pas, car vous êtes une charmante fille, bonne et dévouée ; vraiment, l'éducation qu'on donne dans les couvents a de bons résultats ; le peu de temps que j'ai passé près de vous m'a suffi pour vous apprécier. Hélas ! ma fille ne sera jamais comme vous !...

Antoine avait été sincère, peut-être pour la première fois de sa vie, en s'exprimant ainsi ; il avait été très surpris, autant que touché des attentions que cette aimable jeune fille avait pour son grand-père; de sa réserve, de son humilité, en la comparant aux jeunes coquettes qu'il avait connues dans son monde. Et puis, il avait fini par s'apercevoir aussi que, en dépit de son effacement, Anne-Marie était instruite; il s'était amusé quelques heures dans cette patriarcale maison, en causant avec cette enfant de quinze ans qui en savait plus que ces vieilles gens, dans ce détestable pays — comme il appelait *Aire*.

Anne-Marie avait rougi du compliment; elle répondit simplement :

— Vous êtes trop indulgent pour moi, mon cousin, et pas assez pour Eva. C'est une enfant très intelligente, très vive, son esprit s'ouvre facilement, sa mémoire est fidèle; elle a été un peu trop gâtée et surtout trop abandonnée aux soins d'une domestique qui a eu une mauvaise influence sur elle; mais, je ne désespère pas de l'instruire, je ferai de mon mieux, croyez-le....

— Je n'en doute pas, dit Antoine en regardant avec plaisir, — comme si c'était la première fois qu'il faisait cette remarque, — le front si blanc et si pur de cette jeune fille, son teint délicat comme une pêche qui mûrit au soleil, ses yeux si limpides, si profonds, qu'aucune pensée mauvaise n'avait troublés, ainsi qu'un beau lac qui laisse voir l'image d'un beau ciel.

— Vous me donnerez des nouvelles d'Eva, ajouta-t-il, et j'écrirai ici avec plaisir, moi qui n'ai jamais aimé écrire.

Vraiment, vous me changez, ma cousine, au point que je ne me reconnais plus moi-même; je croyais ne jamais sentir l'attendrissement, car mon cœur s'est desséché depuis longtemps, et voilà que j'éprouve quelque chose de nouveau, le regret de ne pas avoir toujours près de moi une voix douce comme la vôtre pour m'encourager, me conseiller et m'aider à vivre. Ah! la vie est si stupide!... on s'ennuie quand on n'a pas d'argent à dépenser.... quand on ne peut se lancer dans les fêtes qui vous étourdissent au moins....

Un pli amer creusait son front, et son sourire navré le changeait tout d'un coup.

Anne-Marie lui dit avec pitié : Quelle singulière idée vous avez de désirer vous étourdir dans le bruit des fêtes; je vous assure qu'on est mieux dans le calme d'une conscience qui ne reproche rien....

— Puisque vous le dites, je veux bien le croire, cependant, sans avoir ni tué ni volé, j'ai fait tout le reste; voilà une confession sincère qui n'est pas difficile à faire, vous voyez. Le monde est méchant, il est faux, j'ai été comme lui, il faut hurler avec les loups, pour ne pas être dévoré par eux.

Anne-Marie ne comprenait pas bien le sens du mal qu'il avait pu faire, ne connaissant rien des ruses du monde. Elle profita de cette dernière journée pour l'encourager; elle trouvait en effet que c'était fort triste pour lui de se trouver si seul et elle lui promit de lui écrire et de prier pour lui.

Il se mit à rire de son petit rire sec et railleur qui n'était pas agréable à entendre :

— Ne vous fatiguez pas à prier, ma cousine, à quoi bon !....

Anne-Marie lui dit que les prières n'étaient jamais perdues, et qu'on avait vu des pécheurs très endurcis se convertir au moment de leur mort.

Antoine se récria que l'heure de sa mort ne sonnerait pas de si tôt, qu'il ne voulait pas mourir, et que, tout en trouvant la vie stupide, il y avait tout de même de beaux jours, et que ce voyage allait l'amuser énormément.

CHAPITRE VI

Le cousin Antoine était parti, et la vie avait repris son cours habituel dans la maison du vieux père Marius, mais ce n'était plus l'existence monotone et silencieuse du passé. Les grandes salles résonnaient du timbre de la voix argentine et des éclats de rire de la petite Éva. Elle traînait un chariot dans l'escalier, un fouet à la main, criant comme une petite folle, et battant les murs, cassant les roues de son chariot, les jetant du haut en bas, et dégringolant tout le reste avec des heurts épouvantables à chaque marche.

Anne-Marie avait voulu la faire taire, le grand-père lui avait dit :

— Bast ! laisse la faire, il faut bien que les petits chats et les petits enfants s'amusent. Ce vacarme que tu redoutes pour moi, qu'est-ce que c'est à côté de celui que j'entendrai bientôt, lorsque les pelles et les pioches viendront battre mon jardin ?...

Cette enfant fait comme les hommes qui veulent toujours faire la guerre aux gens ou aux choses : quand ils ne détruisent pas un pays, ils se détruisent les uns les autres!... Le carnage d'Eva n'a pas de sang, au moins! Et c'est un grand bienfait pour elle, car je remarque qu'elle se fortifie chaque jour. Elle a grandi, elle est grasse à présent comme une petite caille, et elle mange ferme. Quand elle est arrivée ici, n'as-tu pas vu, Mariette, qu'elle était chétive et toute mignonne. Ses yeux semblaient plus grands dans son petit visage, elle n'avait pas de couleurs, et elle grignottait du bout des dents comme une perruche grignotte un morceau de sucre. Vraiment, Mariette, j'ai craint un moment, et je ne t'ai rien dit, que le changement d'air ne soit nuisible à cette enfant si jeune, j'avais peur de la voir malade! Si elle avait eu les fièvres, hein! je te le demande un peu, qu'aurait-on dit de notre lande qui tue et qui empoisonne? tu vois bien que ce n'est pas vrai! Toi-même, tu as surmonté les malaises qui m'épouvantaient tant. Te voilà grandie aussi, chère Mariannette!...

Ah!... le bon Dieu donne des fleurs et des enfants aux vieillards pour égayer et ensoleiller leur triste vie!

Anne-Marie laissait donc faire Èva.

Celle-ci en abusait peut-être un peu trop.

Elle entrait souvent dans la cuisine de Sylvanie, sachant que la vieille servante ne la supportait guère que par égard pour la volonté de son maître; et la petite espiègle lui jouait mille tours.

Elle mettait une corbeille d'œufs sur la chaise, ayant soin de jeter une serviette dessus. Sylvanie s'asseyait souvent, elle rangeait, nettoyait, étant fort soigneuse; puis elle se laissait tomber sur sa chaise basse, étant vite fatiguée. Alors elle écrasait au moins douze œufs.

Elle poussait un cri, en se levant toute effrayée. Cela lui était arrivé deux fois déjà. Ou bien, la malicieuse enfant attachait doucement une ficelle derrière le dos de Sylvanie, au cordon de son tablier, par exemple, ou au bouton de son corsage; elle faisait cela avec tant de légèreté et de vivacité, que, même devenue fort méfiante, la vieille ne s'en apercevait pas. Et puis, elle appelait vivement : Sylvanie!... Sylvanie! Monsieur Marius vous demande! il crie, n'entendez-vous pas!... êtes-vous si sourde, Sylvanie!...

Elle se laissait attraper encore, la pauvre vieille; elle courait précipitamment, craignant toujours que son maître fut malade; et, comme l'extrémité de la ficelle était attachée soit au pied d'une petite table chargée d'assiettes, soit au pied de la chaise encombrée d'un panier de verres, naturellement, elle emportait tout, et la table ou la chaise se renversait. Un fracas épouvantable retentissait dans la haute cuisine, par les fenêtres ouvertes, on entendait ce cliquetis de vaisselle brisée, et le vieux grand-père descendait très vite, Anne-Marie arrivait de la cour ou du jardin; le premier mouvement pour tous les deux était la crainte d'un malheur. Cette enfant si remuante s'était-elle blessée? avait-elle roulé en bas de l'escalier? était-elle tombée sur des vases de porcelaine!... Mon Dieu, si Eva allait se casser bras et jambes ! que dire à son père! comment s'excuser de ne pas l'avoir mieux surveillée...

Or, quand le grand-père et la jeune fille accouraient avec cette horrible inquiétude dans le cœur, on devine qu'ils ne pouvaient guère gronder la méchante enfant ; leur visage effrayé s'animait d'un sourire :

— Oh !... Ce n'est rien ! Dieu soit loué !...

— Dieu soit loué !... criait Sylvanie en colère, parce que voilà ma vaisselle en morceaux par terre !... Dieu soit loué, parce que cette petite vilaine m'a fait casser mes verres et mes assiettes !

— Il vaut encore mieux que ce soit la vaisselle que ses bras ou ses jambes, disait le vieux bonhomme. Ça, Mademoiselle Èva, venez que je vous gronde.....

— Je n'ai pas peur, mon cousin !...

— Tu n'as pas peur, pourquoi ça ?

— Parce que tu n'es jamais méchant, et que même quand tu fais ta grosse voix comme ça, en me disant : « Mademoiselle Èva », tes petits yeux rient !... tout de même je t'aime mieux encore que père... il ne me laissait pas bouger de la chambre !...

— Allons, tais-toi, friponne ! Tu dois aimer ton père plus que moi. Viens que je t'embrasse !... même quand tu es méchante, cela me réjouit de t'embrasser ; et je caresse volontiers tes cheveux comme je caresserais les douces plumes d'un oiseau.

Anne-Marie laissait parler son grand-père. Quand il s'était contenté, et qu'il était parti tout courbé, trottinant, faire sa promenade accoutumée dans les sillons du champ de bruyères, la jeune fille prenait la main de la petite fille, elle l'emmenait dans sa chambre, et Eva regardait d'un air craintif la figure sévère d'Anne-Marie.

— Tu as encore fait quelque chose de mal aujourd'hui... commençait Anne-Marie.

Eva baissait la tête.

— D'abord, tu t'es moquée de Sylvanie, qui est vieille; on doit respecter la vieillesse, tu lui as fait peur, tu as cassé les objets qu'elle aime, qui lui sont familiers, dont elle prend tant de soins...

— Ah!... si j'avais de l'argent, je les lui paierais... murmurait Eva.

— Crois-tu que c'est avec de l'argent qu'on rachète ses fautes?...

— Et avec quoi donc, alors?...

— Avec le regret de les avoir commises, et la promesse de ne plus le recommencer.

Si tu allais trouver Sylvanie en ce moment, et que tu lui dises bien doucement : « Sylvanie... pardonne-moi... je ne le ferai plus... » tu lui ferais bien plaisir... tu me ferais plaisir aussi... et... il y a encore quelqu'un à qui tu ferais plaisir...

— A ton grand-père?

— Non, pas à mon grand-père; il est si bon pour toi qu'il n'attend même pas que tu demandes pardon pour te pardonner.

— A qui donc ferais-je plaisir?. .

— A ton ange gardien, Eva... Tu le sais, je te l'ai déjà dit, tu as un bon ange qui est toujours près de toi...

— C'est ennuyeux çà...

— Comment, c'est ennuyeux ! Pourquoi dis-tu cela ?...

— Parce que... parce que... enfin, quand je fais une farce pour m'amuser, je n'ai pas besoin qu'on me regarde...

— Tu dis une sottise, Éva. Ton bon ange n'est pas une créature comme celles qui sont sur la terre, il est invisible pour nous ; et cependant il ne te quitte pas, il veille sur toi et te protège...

— Alors, pourquoi ne me laisses-tu pas aller seule au bord de l'étang, tu as peur que je tombe dans l'eau ! je ne puis pas me noyer si mon ange me protège...

— Tu pourrais te noyer en punition de ta désobéissance; car une petite fille doit toujours obéir !...

— Alors, tu vois bien que mon ange ne veille pas sur moi et qu'il ne me protège pas !

Anne-Marie ne se décourageait pas. Elle reprenait doucement l'enfant sur son manque de confiance ; elle lui racontait pour l'amuser l'histoire de la naissance du petit Jésus dans l'humble crèche, puis comme il était soumis à sa mère, la Sainte Vierge ; elle l'engageait à l'imiter, à être obéissante comme lui.

Éva répondait en secouant sa jolie tête aux boucles rebelles « que cela l'ennuyait trop », et elle poussait de gros soupirs, répétant qu'elle n'aimait pas qu'on lui fasse la morale. Alors, la compatissante jeune fille l'embrassait tendrement et la faisait jouer, cela était plus facile que de la faire travailler. Eva ne pouvait rester un moment immobile, tout remuait en elle; ses yeux, ses mains, ses pieds. Impatiente, elle sautait sur sa chaise, ou jetait à terre les objets à sa portée, tels que livres, cahiers, porte-plumes, crayons; c'était un prétexte pour se lever afin de les ramasser.

— Quel petit poisson doré!... s'écriait le grand-père.

— Dis donc, cousin! tu me dis toujours des noms d'animaux!... ripostait Eva très fâchée. Tantôt je suis un petit chat, tantôt une petite perruche, un oiseau, un petit singe, et maintenant, voici que je suis un poisson; dis donc, ça m'ennuie, je ne suis pas une bête, moi!...

— Tu es une petite *bête à bon Dieu*; là, es-tu contente?...

— Non! je ne veux pas être une bête à bon Dieu!

— C'est très joli pourtant; c'est une petite *coccinelle*, tu sais, rouge avec des petits points noirs sur le dos, et ça porte bonheur; ainsi, tu vas nous porter bonheur dans la maison.

Elle riait, trouvait l'idée drôle, et s'échappait de sa place devant la table pour grimper sur le fauteuil à haut dossier du bonhomme qui en était fort réjoui.

— C'est là l'occasion de te comparer à un petit singe... disait-il en riant.

— Et la leçon... criait Anne Marie.

— Dispense-moi de la leçon, dis, cousin, et je t'aimerai bien?... soufflait l'espiègle à l'oreille du vieux Marius.

— Allons, Mariette, laisse cette enfant jouer un peu, elle en sait bien assez pour son âge, va! d'abord, elle en sait plus que moi!...

— Oui, oui, oui!... oh! c'est vrai ça, puisque je sais lire, et que tu ne sais pas, toi! dis donc, est-ce que tu veux que je te lise un conte ou une histoire?..

— Tu commences toujours le même, et tu ne le finis jamais, petite paresseuse... de sorte que je ne sais pas encore si le petit Poucet a été croqué par l'Ogre! une autre fois, mignonne, tu commenceras par la fin.

Il était si gai, ce bon père Marius, quand il causait ainsi avec Éva, que sa petite-fille n'osait ni rappeler l'enfant pour la leçon, ni la gronder, ni se plaindre que son cher grand-père la gâtait trop.

Elle apaisait Sylvanie bien doucement en lui disant tout bas :

— Ne te plains pas, va, tu aimes ton maître, n'est-ce pas? eh! bien, tu vois que cette petite est son joujou, et que depuis qu'elle est ici, il a un visage tout radieux; je suis si contente, moi!...

— Alors, il faut que je sois contente toutes les fois qu'il plaira à ce démon de venir me faire une malice.....

— Ma bonne Sylvanie, reprenait Anne-Marie, je vais tellement la surveiller qu'elle n'aura plus l'idée d'entrer dans ta cuisine.

La jeune fille en effet se mit à suivre tous les mouvements d'Eva; si bien qu'elle n'avait plus un seul instant de libre, et qu'elle ne pouvait ni lire, ni écrire à sa chère et vénérée

Supérieure avec qui elle correspondait beaucoup avant

Elle traînait un chariot dans l'escalier, un fouet à la main, criant comme une petite folle. (p. 81).

l'arrivée du cousin Antoine. Cette surveillance continuelle, cet assujettissement la rendirent un peu lasse. Un jour, elle s'assit toute rêveuse sur le banc de mousse contre la maison les mains sur les genoux, regardant Eva courir à travers les plates-bandes, et le soleil qui se couchait en feu sur les bruyères roses. Elle calculait qu'il y avait déjà deux mois que la vie avait ainsi changé pour elle, un mois qu'Antoine était resté, un mois qu'il était parti !

Et depuis ce temps, il n'avait écrit qu'une fois, quelques lignes pressées, annonçant l'envoi d'une caisse de plantes et de jeunes arbres, ajoutant qu'il donnerait plus de détails sur lui une autre fois. Vraiment, il était bien indifférent, le cousin Antoine ; c'est à peine s'il parlait de sa fille, un mot seulement, en post-scriptum, pour embrasser la petite diablesse. Anne-Marie lui avait écrit pour dire les occupations et les plaisirs d'Eva, comme on la soignait, comme on la gâtait, et comme le grand-père était heureux d'avoir cette enfant près de lui. Il n'avait pas encore répondu à cette lettre, elle ne pouvait pas en envoyer une seconde, il fallait attendre.

Alors elle songea à son couvent, à la bonne Supérieure, et elle eut la pensée de lui donner de ses nouvelles.

Ne pouvant résister à ce désir qui était une douce récréation pour elle, Anne-Marie appela doucement le grand-père qui arrivait de sa promenade dans les bruyères, et qui souriait de loin à la petite fille.

— Cher grand, veux-tu me remplacer un instant, surveiller et amuser la petite, tandis que je vais dans ma chambre écrire à ma bonne mère, au couvent ? Il y a si ongtemps que je n'ai pu le faire.

— Certainement, certainement, Mariannette... Va, sois tranquille, ce papillon, qui voltige-là dans ce rayon de soleil, ne m'échappera pas...

— Bon!... me voici un papillon!... criait Eva ravie d'être en la société du vieux cousin qui lui laissait faire ses volontés.

Anne-Marie s'éloigna, elle se tourna pour les regarder tous les deux : l'un assis sur le banc, ce bon vieux grand, comme le soleil l'illuminait!... l'autre, arrachant des feuilles au buisson de myrthes sauvages, qu'on avait planté il y avait cinquante ans, le jour des noces de Marius Férol.

Sur le balcon, la jeune fille s'arrêta encore, elle souriait, elle était contente de voir son grand-père abandonner ses mélancoliques souvenirs. En rentrant, elle disait : Chère maman Nicolle, es-tu heureuse de voir ainsi ton vieux Marius?... Tu sais bien qu'il ne t'oublie pas... tu sommeilles au fond de son cœur... sa douleur n'éclate plus en sanglots; mais, je l'entends le soir dans son lit, qui dit sa prière et qui ajoute à haute voix :

— Bonsoir, mon aimée, veille sur moi.

— Oh! chère maman Nicolle, veille aussi sur ta fille Mariette!...

— Tout attristée, Anne-Marie se mit devant sa petite table et la plume courut sur le papier. Elle disait :

— Je n'oublierai jamais la maison où j'ai passé dix ans et surtout ma bonne mère Supérieure, qui me faisait souvent appeler près d'elle pour me questionner, savoir si j'étais sage, si je me portais bien. Je revois la grande salle où ma mère vénérée était assise, son visage si doux qui me souriait, j'entends sa voix me demander pourquoi j'ai toujours envie de rire en classe ou dans les rangs. Et, timidement, je levais les yeux, encouragée par ce regard bienveillant, je riais encore ! Et ma bonne mère ne me renvoyait pas tout de suite, elle me laissait près d'elle regarder de saintes images, elle me donnait une petite médaille ou un petit chapelet.

Anne-Marie parlait ensuite de sa chère maîtresse de classe, Madame Sainte-Cécile ; elle peignait naïvement le bonheur qu'on éprouvait dans leur cours d'histoire, où il n'y avait que quelques grandes élèves, celles qui se préparaient aux examens. Quand on avait fini de réciter, on causait comme en famille. Les unes racontaient ce qu'elles avaient fait pendant les vacances, les autres se réjouissaient des voyages qu'elles feraient, et Madame Sainte-Cécile montrait sur la carte les pays qu'elles traverseraient. Quand on posait le doigt sur le petit espace occupé par les Landes, la bonne maîtresse disait en souriant :

— C'est là que se trouve Aire.

— Oh ! que Madame Sainte-Cécile veuille bien se souvenir aujourd'hui de son élève reconnaissante Anne-Marie Férol, et prier le bon Dieu pour elle...

Plus loin, la jeune fille se recommandait encore aux prières de sa vénérée mère :

— Elle avait une si grande tâche à remplir ; faire l'éducation d'une petite fille de six ans à qui l'on n'a jamais parlé du bon Dieu !... Et elle racontait en détail tout ce que le lecteur connaît sur la visite et le départ du cousin Antoine, sur le caractère d'Eva. Elle terminait enfin, « suppliant sa bonne et révérende mère de lui écrire pour lui donner des conseils. »

Quatre grandes pages blanches étaient toutes noircies, Anne-Marie avait ouvert son cœur, elle se sentait soulagée et quand elle posa sa plume, elle songea seulement que son grand-père était peut-être fatigué d'être resté si longtemps au jardin avec la petite Èva.

CHAPITRE VII

Deux jours après, le facteur entrait dans la petite maison du père Marius, et donnait à Sylvanie une lettre à l'adresse de mademoiselle Férol.

Le cœur lui battait fort en la décachetant, Anne-Marie lut tout d'un trait ce qui suit :

San Francisco, le 30 mai...

MA CHÈRE PETITE COUSINE,

« Vous vous imaginez peut-être que je vous oublie, il n'en est rien cependant ; jamais de la vie je n'oublierai votre maison qui a *les pieds dans l'eau*, et le singulier effet qu'elle m'a produit en arrivant, si bien encaissée comme elle est, et m'apparaissant comme une arche au milieu du déluge !... Cela dit sans vous offenser, surtout.

» Comment voulez-vous que je puisse oublier votre bonne hospitalité !... Ce cher cousin Antoine qui est le patriarche de l'antiquité si gracieux pour accueillir son monde ! et cette charmante petite cousine avec sa figure de sainte quelconque, — car je ne connais pas leurs noms, moi, qui suis un si grand pécheur !

» Cependant, le nom de la petite sainte Anne-Marie surnommée Mariette, est un nom qui doit porter bonheur. Ici, personne ne s'appelle comme vous. Je dois vous dire que j'ai une fameuse chance, et c'est cela qui m'a rendu le caractère joyeux de mes anciens jours de jeunesse. J'ai retrouvé un compagnon de mes études, un ami, un inséparable ! Oh ! les bons tours que nous avons fait ensemble autrefois !

» Oui, cet Emile Bayle, il est né coiffé ! Tout lui a réussi; il n'a jamais voulu se marier d'abord, et il dit que s'il s'était marié, il aurait perdu sa chance ; cela dépend des goûts et des idées, car... c'est un secret que je vous confie, ma petite cousine, et je sais bien du reste qu'il ne s'échappera pas de vos landes pour voler jusqu'ici... Enfin, Emile, qui est ennemi du mariage, veut me remarier, dans mon intérêt, bien entendu, car il m'a trouvé une créole, très très, très riche, encore jeune, (pas de la première jeunesse!) encore belle, (pas si fraîche que vous!) et par-dessus le marché un peu bas-bleu !

» Oh !... une savante ! comme cela m'amusera d'entendre ma femme me raconter des anecdotes brillantes, intéressantes, quand je ferai ma sieste, à l'ombre de mes beaux palmiers, ou bien étendu dans la galerie d'orangers que je veux transformer en fumoir oriental. Dame, je tiens énormément à mes aises, moi ! La vie doit être le plus possible amusante, afin de ne pas être stupide. Et je suis disposé à l'indulgence pour passer sur tous les défauts de ma fiancée, parce qu'elle m'apporte cent mille francs de rente, des plantations superbes, et une maison... qui n'a pas les pieds dans l'eau et qui est admirablement assise dans une vallée d'oliviers et de cyprès magnifiques.

» A propos ! que devient Éva ?...

» Cette petite fille était-elle toujours insupportable ?... Vous êtes bien bon tous les deux pour elle, et je vous en remercie de tout mon cœur. Quand je serai remarié et installé, je vous enverrai un beau cadeau, je chercherai ce que je puis vous donner. En attendant, je vous prie de m'excuser si je ne vous envoie rien par ce courrier. Gardez-moi la petite. Je vous avoue que si je ne vous avais pas, j'en serais grandement embarrassé, ma future, comme tous les bas bleus, du reste, ne parait pas beaucoup aimer les enfants ; elle dit que les enfants sont des êtres incommodes qui vous gênent et vous empêchent d'étudier, de lire, d'approfondir les sciences, et qu'elle serait fort désolée d'en avoir. Enfin, puisque ma fille ne vous gêne pas, ayez l'obligeance de la conserver encore quelque temps : plus tard nous aviserons à l'envoyer dans un pensionnat jusqu'à ce que je puisse la marier à quelque riche colon.

» Voici une longue lettre, petite cousine, vous ne vous plaindrez pas, j'espère !... Je vous embrasse ainsi que mon cher cousin. Un gros baiser pour Éva.

» Votre parent dévoué,

» ANTOINE D'ESTRÉMONT. »

« A propos, ma future convoite le titre de marquise, comme je convoite sa fortune : nous sommes quittes!... »

Èva assistait à la lecture de cette lettre. Appuyée sur les genoux d'Anne-Marie, elle écoutait attentivement, et le vieux Marius branlait sa tête blanche, n'ayant pas l'air d'approuver tout ce que disait le cousin Antoine. A la fin de la lettre Èva s'écria :

Je n'ai pas besoin qu'il m'embrasse!... je n'ai plus de père! Du moment qu'il prend une autre femme, je n'en veux pas pour mère! Si c'était toi, ce serait différent, car je t'aime beaucoup, et tu es très bonne pour moi... Dis donc, n'est-ce pas que je n'irai pas en pension? que je resterai avec toi et mon bon cousin Marius!...

— Certainement!... s'écria la jeune fille émue en l'enveloppant de ses bras, avec un grand élan de tendresse. Et, dans ce mouvement elle faisait abnégation d'elle-même, elle ne désirait rien autre chose que se dévouer à l'enfant. Quelles douces larmes brillaient dans ses yeux, une tristesse fugitive y passa un instant, mais son sourire vint aussitôt dissiper ce nuage. Elle pensait que le cousin Antoine se serait peut-être converti s'il était resté avec eux; mais puisque cela n'a pas été, c'est que Dieu ne l'a pas voulu, et il faut se résigner.

— Il sera heureux sans doute, n'est-ce pas, cher grand, fit-elle en tournant sa tête vers le vieillard, après avoir longuement embrassé Èva.

— J'en doute beaucoup!... dit le vieux Marius. Une femme qui n'aime pas les enfants ne peut pas avoir le cœur tendre, et si elle tient tant à être marquise, elle ne tient peut-être pas du tout à Antoine! Enfin, qui vivra verra.

— Tu vas écrire de ma part, Mariette, que nous voulons garder toujours cette petite mignonne, et qu'il est même fort possible qu'on ne l'envoie jamais en pension, puisque tu es assez savante pour faire son éducation. Quand elle saura tout ce que tu sais, elle en saura bien assez.

» Le jour où il s'ennuiera de sa fille, il viendra parbleu! Il fera le voyage pour l'embrasser, cela en vaut bien la peine! Mais, moi, je ne veux pas d'abord qu'on l'envoie là-bas, près de cette mère qui n'aime pas les enfants!... Ne pas aimer cet amour là!...

Ce fut au tour du vieux bonhomme à caresser Éva.

Elle grimpait sur ses genoux tremblants; elle emmêlait en riant les boucles si blanches et si douces de sa longue chevelure; elle mettait ses petites mains sur les yeux qui riaient, à demi fermés, sous ses paupières; puis, elle nouait ses bras comme un collier autour de son cou, répétant :

— Je ne veux pas m'en aller d'ici!... je veux rester avec toi!... je veux rester avec Marianette!... et avec Sylvanie aussi!... ajouta-t-elle en apercevant la vieille servante qui écoutait sur le seuil de la salle à manger.

— Dame!... pour ce qui est qu'on doit aimer les enfants, dit Sylvanie, je suis de l'avis de mon maître, moi! oui, on doit les aimer, c'est tout simple; mais on doit aussi les fouetter quand ils le méritent, c'est pour leur bien, dame !...

— Tu ne me fouetteras pas, Sylvanie!... je voudrais bien voir ça !..,

— Bé dame ! si je te fouettais ?

— Je te le rendrais, Sylvanie!

— Ah ! par exemple!

— Essaie, si tu veux!...

— Ah ! si je t'élevais toute seule, tu serais bien élevée, pour sûr! Je te donnerais tout ce qu'il te faut, je te soignerais quand tu serais malade ; mais il faudrait que tu sois douce, polie, obéissante!... tout comme ma chère petite maîtresse que voici, que je n'ai jamais de ma vie eu besoin de gronder...

— Tu n'as jamais crié après Marianette, toi ?...

— Bé dame, non!...

— Tu étais donc parfaite, Marianette !,..

— Oui, oui, Marianette était un ange, et tu n'es qu'un petit démon ! s'écria le vieux Marius. Mais on t'aime tout de même ! Comment veux-tu, Sylvanie, que je puisse fouetter ce petit être rose et blond qui m'amuse en sautillant et en faisant ses folies. Ses tours ne sont jamais terribles! Ce qui serait plus terrible, ce serait de la voir immobile et pâle comme une petite poupée de cire... Vite, éloignons de notre esprit cette image effrayante ! Éva, mon amour, chante un peu à ton vieux papa Marius, la petite chanson si drôle, où il y a une pomme rouge, un singe et un chat, je crois...

Eva se mit à chanter, tout en dansant :

Il y avait une fois,
Tra deri dera
Tra la la!
Dans le beau temps d'autrefois :
Un chat noir plus malin qu'un singe;
Un singe fin comme un vieux singe;
Tous deux demeuraient dans un bois :
C'était dans le temps d'autrefois
Tra deri dera
Tra la la!

Voilà que dans un vert sentier
Tra deri dera
Tra la la!
Le chat se tint un jour entier,
Afin de guetter dans un chêne
Un oiseau bleu, douce sirène,
Au bord de son nid, dans le bois.
C'était dans le temps d'autrefois.
Tra deri dera
Tra la la!

Mais le singe de son côté,
Tra deri dera
Tra la la!
Voulait sa part, non la moitié,
Et jetant au chat une pomme :
— Tiens! lui dit-il, je te la donne :
Croque-la donc et sans façon.
— Oui, pour jouer! pour manger, non!...
Tra deri dera
Tra la la!

Le malin chat lui dit cela.
Tra deri dera
Tra la la!
Et le singe la lui mangea!
L'oiseau descendit de son chêne,
Mais pour s'envoler sous un frêne,
Chat et singe ne virent rien,
Seul, le vieux singe soupa bien.
Tra deri dera
Tra la la.

— Bravo! s'écria le vieux Marius dans le ravissement. Voici une chanson qui me plaît joliment! On y voit un singe plus malin qu'un chat, puisqu'il a croqué la pomme tout seul; l'oiseau s'est tiré de là! Le chat n'a rien eu du tout! ce qui prouve qu'un *bon tiens vaut mieux que deux tu l'auras.*

— Mais les chats ne mangent pas de pommes!... s'écria Èva en riant. Je sais bien qu'ils jouent avec, par exemple! O papa Marius, trouve moi un petit chat, je t'en prie.

— Puisque tu m'appelle « papa Marius, » je ne puis rien te refuser! dit le vieillard en se levant tout guilleret! allons, viens avec moi, ta petite main dans la mienne!... nous allons descendre pour nous rendre au moulin de Jean Paul, je sais qu'il a une chatte qui doit ..oir des petits, tu en choisiras un!

— Quel bonheur!... criait Èva en courant vite chercher son grand chapeau, qu'elle enfonçait sur sa tête blonde.

Ils s'en allèrent, ce vieux et cette petite fille, en se tenant par la main; ce qui faisait penser que vraiment les vieillards doivent aimer les enfants, car ils sont, autant qu'eux, infiniment respectables. Qui oserait insulter un vieillard? qui oserait attaquer un enfant? Qui serait assez mauvais pour effleurer d'un souffle impur le front du vieillard et celui de l'enfant?

Anne-Marie s'enferma dans sa chambre; elle pria longtemps, elle pleura un peu, elle demanda au bon Dieu de l'inspirer et de lui donner cette science qui ne s'apprend pas, de pouvoir parler à un petit enfant un langage à sa portée, de savoir lui faire aimer Dieu de tout son cœur, et de ne rien craindre tant que de l'offenser.

Éva fut ainsi adoptée tout à fait.

A partir de ce moment, cette petite cousine qu'on avait d'abord cru devoir laisser partir un jour ou l'autre avec son père, devint réellement l'enfant de la maison, la sœur d'Anne-Marie, la petite maîtresse de Sylvanie qui s'était attendrie sur son sort; et qui disait :

— C'est quasiment une orpheline, heureusement qu'elle est tombée par ici!...

Éva lui fut reconnaissante, elle signa un traité de paix en l'embrassant. Sa fierté n'aurait pas pu condescendre à cette promesse; mais son petit cœur affectueux lui dictait ses paroles, elle avait cédé à un élan spontané.

— Va, ma petite Sylvanie, je ne te taquinerai plus jamais, jamais! Tu me laisseras venir dans ta cuisine, ça m'amuse de te voir ranger tout ton bataillon de marmites, et même quand je pourrai les soulever, je t'aiderai.

— A la bonne heure!... voilà une gentille petite fille!... ça, Mademoiselle Mariette! ne sois pas jalouse au moins, je vais vous prendre à tous les deux votre petite poupée! ça vous laissera du temps libre, et puis, ce temps ne sera pas perdu pour la mignonne. Nous dirons des prières ensemble, tout en faisant nos confitures, nos bonnes galettes, nos crèmes, je lui apprendrai tout, bé dame!

Éva fut enchantée, et Anne-Marie put rester un peu seule chaque jour, livrée à ses pensées, reprenant ses lectures abandonnées, car il est bon de nourrir son âme, comme on nourrit son corps.

Le vieux Marius faisait ses promenades quotidiennes dans ses bruyères.

Il revenait depuis quelque temps plus courbé, plus triste.

C'est qu'il avait aperçu de loin le travail commencé dans la lande. Une fourmilière d'ouvriers allait, venant, remuant la terre, transportant de jeunes arbres, bêchant, arrachant les ajoncs et les fougères! Les fabriques de chapeaux, les faïenceries, les tanneries élevaient du milieu de ces champs bouleversés leurs hauts fourneaux, leurs toits pointus, leurs murailles rouges noircies; l'Adour glissait entre les ajoncs et les fougères, sous le beau pont de pierre; la cathédrale et l'évêché se profilaient à l'horizon. Le vieux Marius regardait tout cela.

De cette éminence où il se trouvait, il apercevait une étendue immense, la chaîne des dunes de sable lui bornait la limite éloignée, et se fondait avec le ciel aux riches teintes; en bas, les marais étincelaient au soleil; sa maison lui semblait un nid enfoui dans les sapins, et tous les arbres verts, les uns couchés sur le sol, les autres déjà installés à leur place définitive, lui faisaient l'effet d'une nouvelle colonie qui vient établir ses tentes, et qui envahit le pays.

Il revenait donc plus triste chaque jour, le pauvre vieux Marius, sa promenade dans ses bruyères ne lui faisait plus de bien, ses petits yeux restaient demi-clos, son visage se plissait comme une pomme séchée; son dos se courbait, il n'avait plus d'éclats joyeux; c'est à peine si un sourire illuminait un instant sa face jaunie, quand Éva accourait devant lui.

Pour elle, pourtant, il était toujours tendre et caressant. Il avait une façon de passer sa main sur sa tête blonde, infiniment douce. Et quand il tenait l'enfant sur ses genoux, il la couvrait de son regard caché comme un feu dans les cendres, il marmottait quelques mots qui n'avaient pas grand sens pour Éva :

— Les uns viennent... les autres s'en vont!...

— Oui, apportez votre renouveau, ces vieilles choses ne sont plus bonnes! voici tout une génération qui va écraser l'ancienne!...

Il voulait faire allusion à la jeunesse d'Éva et à sa vieillesse à lui, et il mêlait dans sa pensée toute cette génération d'arbres verts apportés dans sa lande, pour renverser les vieilles choses qu'il aimait, lui.

— Va, dit-il à Anne-Marie, je serai jeté en terre, juste avec la dernière botte de mes bruyères!...

— Cher grand! s'écriait la jeune fille, en s'efforçant de rire et en le menaçant du doigt, vous allez vous faire mettre en pénitence! Ni Éva, ni moi ne nous vous embrasserons aujourd'hui!

Elle était inquiète au fond de voir son grand-père si changé depuis quelque temps.

Elle disait à Sylvanie :

— Ne t'aperçois-tu pas, Sylvanie, comme mon pauvre

grand-père baisse, comme il se laisse aller à la mélancolie!... il mange à peine, il a l'air de se traîner pour aller faire sa promenade, et quand il revient, il est si las, qu'il reste longtemps immobile dans son fauteuil. Mon Dieu! Sylvanie, si un malheur allait nous frapper!

Elle ne disait pas, la pauvre enfant, si mon grand-père allait mourir! Cette pensée affreuse lui déchirait le cœur; elle joignait ses mains dans une muette prière, et ses yeux se remplissaient de larmes.

La vieille servante secouait la tête.

— Ce qu'il a, je le sais bien moi, ce n'est pas son pauvre corps qui s'affaisse, c'est son âme qui souffre.

» Il n'est guère plus vieux que moi.

» Voyons, il a soixante-dix ans, ce n'est pas un grand âge, çà!

» Moi, j'en ai soixante-sept! et voyez un peu tout ce que je fais dans la maison; car, vous avez beau vouloir m'aider, la petite Claude, et toi, Mariette : je fais toujours mes petites affaires quotidiennes; le pain de mon maître serait-il bon, si je ne cuisais moi-même à point?... et vos confitures, vos crèmes vanillées, vos pâtés que vous préférez aux autres; vrai, c'est ma gloire, c'est moi qui fais tout, n'est-ce pas?

» La première levée, la dernière couchée dans la maison, est-ce que je m'en porte plus mal? Est-ce que mes jambes n'en trottinent pas aussi bien?

» Je dis çà pour faire voir que ce n'est pas de vieillesse que mon bon maître s'en va... hélas!... c'est de chagrin!

— Du chagrin d'avoir perdu ma bonne mère Nicolle, alors?...

— Pas seulement ce chagrin-là, ma chère bonne Mariette! la petite Èva l'avait presque étourdi de ce malheur-là.... Ah!... C'est sa lande qu'on démolit....

— Ce sont ces travaux qui l'affligent! tu crois cela, Sylvanie?...

— Bé dame, oui!... ça lui démolit le cœur! et il s'entête dans son idée qu'on a tort; faudrait lui faire entendre que c'est pour le bien général du pays, et il aime trop son pays alors pour ne pas se résigner!

— Tu as raison, Sylvanie, il faut lui faire comprendre cela mieux que nous n'avons pu tous les deux; il faut que M. le Préfet s'en mêle; tu iras voir M. Jérôme Bausset, et tu l'engageras à venir se promener par ici; à entrer comme par hasard, et à causer avec mon grand-père. Il parle mieux que l'ami Martin; il saura le convaincre, Sylvanie!

Sylvanie hochait la tête; cependant elle fut d'avis d'avoir recours à M. le Préfet.

Un jour, donc, de beau soleil, quand tout étincelait sous les cieux, dans ce petit coin des Landes, les petites mares et les fougères, les verts sapins et jusqu'aux bancs de mousse, le long de la maison, le préfet Jérôme Bausset entra soudain avec un visage radieux qui le rajeunissait, lui, au lieu de le vieillir, et une allure de jeune homme, un gros éclat de voix :

— Quel bon temps! et quel bienfait pour notre pays!... bonjour, l'ami Marius!

— Ah! c'est vous, Jérôme! Vous pensez encore à moi! Comment faites-vous donc! Vous êtes pourtant assez occupé avec ces messieurs qui viennent vous montrer leurs plans et vous parler des projets d'assainissement....

— Eh bien, Marius, est-ce que tu perds la tête, que tu me dis vous, à présent? Ne te réjouis-tu pas avec tous les honnêtes gens de cette œuvre de fertilisation qui s'étend sur nos terres? Le domaine agricole des Landes comprend 158.914 hectares de terres labourables, 23.654 de prairies, 18.650 de vignes, 383.000 de pâturages, landes et bruyères, 320.000 de bois, forêts, terres incultes, étangs; et 10,000 hectares de marais qui peuvent être desséchés.

» Une ferme-école est projetée. Dans quelques années, on ne dira plus de notre pays qu'il est malsain et infecté, quil ne produit rien!

» Nos bestiaux engraisseront, nos paysans landais s'instruiront! Et l'industrie comme l'agriculture, s'étendra sur tout notre département. Les mines de houille, les minières de fer, les tourbières feront travailler bien des gens.

— C'est bon, dit le vieux Marius, tu trouves que tout est bien, c'est l'essentiel, puisque tu restes pour jouir de toutes ces transformations.

— Et toi? où vas-tu donc aller? ferais-tu comme ton cousin Antoine, par exemple, voudrais-tu voyager?...

— Comme tu es jeune, Jérôme!... vois donc, moi, je suis de la vieillerie... je m'en vais....

— Ah! c'est çà que tu voulais dire, tu ferais aussi bien de te taire! Allons donc, un gaillard comme toi! bon pied, bon œil! l'esprit dispos, toujours malin! Le meilleur habitant de notre bonne ville d'Aire! tu voudrais abandonner ta petite-fille qui a besoin de toi, et cette autre petite que tu as adoptée?... Tu voudrais que les pauvres gens trouvent ici la porte close, et que la Sylvanie s'en aille demander aux braves cœurs si on veut utiliser ses services.

— Non, certes, je ne voudrais pas les quitter.... Ce n'est pas de ma faute à moi, si mon heure approche... on n'est pas éternel!

— Tu te portes bien, mais tu es un vieil entêté! Tu ne veux pas admettre que l'on fertilise ton pays, tu prétends au contraire qu'on l'abîme et qu'il était très bien comme il était.

— Oui, il était très bien....

On ne put rien tirer de plus de ce pauvre vieux qui se renfermait dans son mutisme, et s'obstinait à rêver des heures entières dans son fauteuil.

Il ne faisait plus sa promenade dans les bruyères, ne voulant plus voir ce qui se passait de l'autre côté; il se contentait de regarder par la fenêtre le champ de bruyères sur un plan élevé en face de sa maison. On lui mettait son fauteuil sur le balcon de pierre, ou devant les fenêtres de la grande salle du rez-de-chaussée. Et il ne voyait plus que cela : les grandes gerbes qu'un souffle balançait; quand le soleil donnait dessus, on aurait dit qu'elles étaient en feu.

CHAPITRE VIII

L'été s'enfuit; l'automne était froid; un hiver précoce s'annonçait. On suspendit les travaux dans ce petit coin des Landes, Aire redevint paisible; les longues journées se passaient comme autrefois sans aucune distraction. De loin en loin, une charrette amenait des arbres verts envoyés de côté et autre; on ne pouvait plus planter, il fallut décommander les ouvriers. Alors, le vieux Marius accepta ce repos comme un armistice; mais, il savait bien que tout recommencerait au printemps, et il disait :

— Ah! l'hiver est une bonne chose! la neige nous conserve les biens de la terre; la nature n'a pas besoin de l'homme!

Il se trompait certainement dans son raisonnement, car le travail de l'homme est utile pour que la terre puisse nous produire les fruits et les plantes. Les petits bergers landais ne voulaient pas croire non plus ce qu'on leur disait :

— Plus de marais, plus d'inondations dans vos prairies, plus d'échasses pour conduire vos moutons.

Ils s'écriaient sur un ton plaisant, dans un patois intraduisible :

— Nos jambes!

Et ils couraient sur leurs longues pattes de bois avec une étrange vivacité.

L'hiver soufflait dans la plaine, autour de la vieille petite maison, Sylvanie fermait bien tous les volets et bouchait avec soin toutes les issues, le vieux Marius se soutenait, mais Anne-Marie fut malade.

Cette première maladie fut une alerte qui mit toute la maison en l'air. Le vieux Marius oubliait de rêver sur son fauteuil, Marianette lui tenait au cœur plus qu'on n'aurait cru, il se levait la nuit pour aller écouter le vent qui battait la porte. Croyant que Sylvanie lui cachait l'état de sa petite-fille, il était exagéré dans ses craintes, comme tous les vieillards le sont un peu, du reste; et cela l'avait redressé et fortifié, il ne se plaignait plus, parce qu'il ne songeait qu'à la malade.

Le médecin venait souvent; l'état de la jeune fille n'était pas grave, mais il avait dit qu'une fluxion de poitrine demande beaucoup de précautions, et Sylvanie n'épargnait pas les brassées de branches sèches dans la grande cheminée.

Éva s'était installée au chevet d'Anne-Marie, comme une bonne petite garde-malade ; toutes les facultés de l'âme de cette enfant s'étaient ouvertes, elle était fort aimante, autant

Le facteur entrait dans la petite maison du père Marius, et donnait à Sylvanie une lettre. (p. 93.)

qu'intelligente, et sa sensibilité s'était développée tout d'un coup. Pour plaire à sa chère cousine Mariette, elle disait son chapelet très consciencieusement, ses petits doigts s'arrêtaient sur chaque grain et quand elle en avait passé un, elle disait :

— Vois-tu, Mariette, j'avais oublié un *Ave Maria*, je l'ai dit en plus à la fin, il faut que la Sainte Vierge ait son compte ; qu'elle ne soit pas fâchée contre moi, pour me guérir vite ma bonne Mariette !

— Tu crois vraiment que la Sainte Vierge t'écoute, Éva ?... demanda la jeune fille en fixant de ses grands yeux profonds le visage de la petite fille, comme pour y lire la vérité.

— Puisque tu me l'as dit, je le crois, Mariette, répondit simplement l'enfant, car je sais que tu ne mens jamais !

La foi était donc entrée dans cette jeune âme à la suite de cette confiance inspirée par la douce jeune fille, ce qui prouve que nous pouvons faire naître dans les autres les bons sentiments que nous avons nous-mêmes.

Anne-Marie, entourée de soins et d'affection, se rétablit promptement, sa tristesse avait été vaincue, elle se reprit avec bonheur à la vie, quand elle entra en convalescence. Elle avait une joie enfantine de pouvoir se promener dans toute la maison, regardant au travers des petits vitrages cerclés de plomb, car il ne fallait pas penser encore à sortir.

L'hiver s'achevait.

On n'avait pas de nouvelles d'Antoine.

Il était sans doute marié, et dans sa brillante situation, il oubliait sa fille et les parents qui l'avaient recueillie.

Le vieux Marius n'osait pas, devant l'enfant, taxer le père d'égoïsme ou d'ingratitude, il avait de petits hochements de tête, quand on parlait de lui, que Sylvanie comprenait fort bien.

— Bé dame! vous avez bien raison, not' maître! disait-elle, il s'est mis aux affaires de son ami qui fait exploiter des mines, et puis, son installation, à la suite de son mariage, a dû lui donner beaucoup de peine.

— Ce n'est pas lui qui arrange sa maison, il doit avoir des domestiques!... s'écriait Sylvanie.

— Père oublie que je suis au monde!... disait tristement Éva.

— Cela n'est pas possible, ajoutait vivement la jeune fille, un père, une mère ne peuvent oublier leurs enfants! Et tu sais bien, chère petite, que ton papa était fort tendre pour toi, il ne te grondait pas, il te gâtait même trop, je t'assure.

Éva fit la moue, — Parce que cela l'ennuyait! dit-elle franchement; je l'ai souvent entendu dire : que c'est assommant les enfants! il faut à tout moment répondre à leurs sottes questions, ou bien leur défendre de faire une chose, leur ordonner d'en faire une autre. Et on ne peut les faire tenir tranquilles.

— Cela est vrai, disait Sylvanie; mais les femmes ont bien plus de patience que les hommes pour supporter les enfants, aussi c'est à la femme de les élever.

— Je ne suis pas fâchée d'être élevée par Mariette ! s'écriait la gentille Éva en baisant doucement la main de la jeune fille.

— Et vrai, je suis bien heureuse de t'avoir ! répondit Anne-Marie.

— Vraiment, ce joujou est utile pour toi ! disait alors le grand-père ; que serais-tu devenue entre deux vieux comme nous, si tu n'avais pas eu cette poupée ?

— Je ne suis pas une poupée ! puisque je parle et que je marche !... criait Éva en allant donner des petites tapes sur la vieille main qui la caressait.

Et Sylvanie s'écriait à son tour :

— Dites donc, notre maître, vous nous appelez deux vieux !... bien le merci ! si vous êtes vieux, je ne suis pas vieille, moi !...

— Non, tu as raison, tu es plus jeune que moi, ma bonne Sylvanie.

— Et des jambes donc !... est-ce qu'elles n'ont pas trotté joliment, quand mamzelle Mariette a fait sa maladie ?...

— Alors, je dirai aussi que mes jambes ne sont pas restées tranquilles, et que j'ai marché du haut en bas tout autant que toi... reprenait le vieillard en riant.

— Oui, je sais cela ; je le disais bien, moi, que vous nous faisiez enrager ; que votre corps était solide, que ce qui était malade chez vous, c'était l'esprit. Il vous a fallu une diversion, ça été la maladie de votre petite-fille !

— Voici le printemps qui approche, Sylvanie...

— Cela veut-il dire que vous allez recommencer à vous tourmenter et à nous tourmenter aussi?.....

— Ce sont eux... tu sais, les Messieurs des villes, avec leurs paperasses qu'ils appellent des plans, leurs méthodes et leurs inventions, qui vont recommencer au printemps...

— Bé dame oui!... faut bien qu'on achève ce qu'on a commencé, ça serait-il raisonnable de se mettre à bâtir une maison et de la laisser ensuite inachevée? Restez donc tranquille, not' maître; ne vous occupez pas des travaux qu'on fera dans notre pays; ne vous fatiguez pas l'esprit, comme si c'était vous qui teniez la pelle et la bêche; dites-vous d'abord « c'est pour le bien *d'un chacun*. »

» Voyons, vous aimez pourtant le pauvre monde de bonnes gens!... Pourquoi ne pas avoir confiance dans les paroles de votre ami, Monsieur le préfet? Quand on aime les gens, on a confiance en eux! Bé dame, je ne connais que ça, moi.

Le raisonnement de la vieille servante ne manquait pas de sagesse; dans son droit bon sens, elle trouvait des arguments qui touchaient son maître; c'était comme un trait de lumière traversant l'obstiné vieillard; mais il retombait tout de suite après dans ses mêmes répliques, avec cet entêtement que rien ne pouvait détruire.

— Il faudrait quelque chose qui le tire de cette préoccupation là!... disait Sylvanie à la jeune fille. Je crois que le bon Dieu va lui envoyer une distraction : et que ce ne sera pas la maladie, toujours.

Cependant on ne pouvait s'attendre à aucune distraction dans cette tranquille demeure qui ne recevait, en fait de visiteurs, que le renard Jérôme et l'ours Martin; puis, les pauvres venaient attendre leur part; c'était Sylvanie qui leur remettait un morceau de pain; Èva donnait son goûter; le vieux Marius la monnaie qu'il mettait dans ses poches à cette intention.

Et quelquefois des hommes établis dans le canton d'Aire venaient, chapeau bas, bien respectueux, solliciter les conseils du bon père Marius qui passait presque pour un savant, et qu'il leur prédisait le temps qu'il ferait pour leurs récoltes, si on devait rentrer les foins, ou les laisser sécher sur place; si les marais allaient déborder sur les terres, etc....

Tous les arbres de la saulaie, en bas autour de la maison du vieux Marius, se remirent à bourgeonner; et les oiseaux chantaient sur les branches :

— Vous serez donc éternellement jeunes!... disait le vieux en marmottant, il n'y a que l'homme qui baisse chaque année?

Le myrthe sauvage avait de jolies pousses vertes; les bruyères chantaient leurs douces strophes rythmées, en se balançant au moindre souffle. Et le vieillard chantait en patois landais, une vieille romance, comme une complainte, qui l'avait bercé au temps de son enfance :

Pleurons, frissonnons,
Sous la brise;
Mes sœurs, murmurons!
L'ombre grise
Teinte l'horizon :
Une étoile

Est dans le gazon,
Sous ce voile
On entend chanter,
On entend parler,
Bête ou brin d'herbe;
Ce chant superbe
Dit : frissonnons,
Frissonnons! Frissonnons...

Il y avait encore beaucoup de couplets à cette vieille chanson; un jour, le vieux Marius la marmottait entre ses lèvres qui tremblaient un peu.

— Une lettre, s'écria Sylvanie.

Une lettre était un événement, et Anne-Marie s'empressa de la lire.

Elle était naturellement du cousin Antoine. Mais elle n'avait pas le goût de la dernière; l'amertume et l'ennui se lisaient à chaque ligne. Il commençait par dire qu'il n'était pas remarié, et que, sans doute, jamais de la vie il ne se remarierait. Et il racontait dans un style concis comment son mariage avait été rompu. Sa fiancée s'était tout d'un coup aperçu de son caractère égoïste, ce qui prouve qu'elle est joliment perspicace. Elle lui avait dit impertinemment qu'elle aimait mieux rester veuve que d'unir sa destinée à un être qui ne croyait ni à Dieu, ni à diable, ce qui dénotait une mauvaise nature. Il avait riposté qu'une femme qui n'aimait pas les enfants devait avoir le cœur dur. Elle lui avait répondu en le raillant qu'il n'aimait guère sa propre fille, lui, puisqu'il l'avait laissée si loin. Enfin, continuant la discussion, il lui avait répondu, sur un ton moqueur, que sa fille était mieux où il l'avait laissée, qu'elle n'aurait été dans sa société. Après ce beau coup, ils s'étaient tourné le dos, ne voulant plus jamais se revoir. Son ami Émile Bayle lui avait reproché d'avoir manqué sa fortune par sa faute; il ne pourrait plus trouver une telle occasion de s'enrichir. Enfin, comme il y avait des révoltes en Amérique; qu'on n'était guère tranquille, Émile allait vendre ses biens au plus vite, et s'en aller en voyage du côté de l'Allemagne, tout seul, bien entendu. Alors, continuait Antoine, « que vais-je devenir? Je ne puis plus rester en Amérique; j'aimerais encore mieux votre maison qui a les pieds dans l'eau, plutôt que de rester dans ce pays bouleversé par la guerre civile... »

Il disait en terminant qu'il n'avait pas d'argent, pas même pour rentrer en France. Mais, il ajoutait de suite, avec une pointe de fierté :

— Ne m'en offrez pas, surtout; je connais votre bon cœur : vous êtes dans le cas de vouloir m'en donner. Non, cela n'est pas possible; vous avez déjà la charge d'Éva, et vous me froisseriez trop. Je vais m'associer à un colon qui est l'ami d'Émile, et un peu le mien; à nous deux, nous ferons peut-être quelque chose de bon. Quand je le pourrai, j'irai certainement vous voir, et embrasser avec plaisir Éva qui doit avoir grandi. Vraiment, je pense qu'elle est mieux avec vous qu'avec moi.

Cette lettre attrista un peu la bonne Anne-Marie. Elle plaignait sincèrement le cousin qui se trouvait en butte à toutes sortes d'ennuis; Éva se réjouissait d'apprendre que son père n'était pas remarié.

— Tant mieux! je vais lui écrire une belle page, moi, pour lui dire comme je suis contente qu'il n'ait pas pris cette vilaine femme-là!

Le vieux Marius disait :

— L'homme propose et Dieu dispose; ce qui prouve que le bon Dieu va nous envoyer un jour Antoine, et qu'il faudra le convertir.

— Bé dame! je m'en chargerai, moi!

— Et moi aussi!... s'écria Èva.

— Cela serait-il possible?... demandait Anne-Marie.

— Pourquoi pas, Mariannette?... en doutes-tu? disait le grand-père. Ne sais-tu pas que les âmes les plus endurcies ont tout d'un coup été éclairées par un rayon de la grâce divine?...

— Oui, oui, je me rappelle, moi, ajoutait Sylvanie, un vieux de chez nous, dans le temps de ma jeunesse, qui désolait tout le monde par ses fanfaronnades, quelquefois ses jurons. Il disait qu'il n'y avait pas de bon Dieu! Et cent autres choses plus sottes encore.

» Un jour, une jeune fille, qui était considérée comme un ange, et qui employait son temps à de bonnes œuvres, entreprit de verser la foi dans ce cœur; le vieux était bien malade, elle allait le visiter tous les jours, ne se lassant pas de lui parler de Celui qui a créé l'Univers, qui reçoit les pécheurs lorsqu'ils ont le repentir de leurs fautes; et elle lui racontait la parabole des ouvriers de la dernière heure, enfin, cette jeune fille a réussi à convertir ce vieux pécheur-là.

« Il a eu une mort si édifiante que tout le monde en a parlé fort longtemps. Et la jeune fille, qui avait promis un gros cierge à la Sainte Vierge, n'a pas été la seule à le porter tout en haut du pays, dans une petite chapelle qu'on venait d'élever à la divine Mère de Jésus. Tous les braves gens lui faisaient un cortège dans son pèlerinage. Cette histoire prouve qu'il ne faut jamais désespérer de rien.

Sylvanie était, comme on voit, une bonne âme dévouée et qui ne manquait pas de science sous sa rude enveloppe.

— Reviendra-t-il ?... se demandait Anne-Marie.

Elle le demandait aux petites marguerites blanches, en les effeuillant.

Elle le demandait aux fleurs des bois qui ont la forme d'un trèfle quelquefois, ce qui annonce bonheur et fortune à la personne qui les découvre.

Elle priait Dieu de tout son cœur de toucher l'âme de son cousin Antoine.

Èva, élevée ainsi, avait grandi au physique et au moral ; c'est-à-dire, qu'étant fort intelligente, elle avait appris avec facilité tout ce qu'on lui avait enseigné.

Depuis un an qu'elle était chez le vieux père Marius, elle avait fait de tels progrès qu'on l'aurait difficilement reconnue. Toujours espiègle, mais plus réservée, toujours remuante, mais se dominant facilement, elle avait sur son front blanc quelque chose qui disait clairement qu'elle était intelligente.

— Elle en sait trop, disait le vieillard, je n'aime pas les enfants savants, cela leur use l'âme, et ça peut les faire s'envoler avant l'heure vers le bon Dieu. Sylvanie en disait autant.

Anne-Marie était si fière de voir son élève comprendre tout ce qu'elle lui enseignait, et de penser à la joie de son père quand il la reverrait, qu'elle se laissait emporter par son ardeur d'institutrice.

Elle ne se fatiguait pas de passer de l'histoire à la géographie, de la géographie à l'astronomie, etc... et elle ne s'apercevait pas que le visage de l'enfant s'émaciait, que ses grands yeux brillaient d'un éclat fiévreux.

Elle était lasse tout d'un coup au point de ne plus pouvoir courir dans le jardin.

Elle perdait l'appétit, son sommeil était hanté par des rêves bizarres; elle appelait alors Mariette qui accourait près de son lit, elle ne se rendormait qu'en gardant sa main dans la sienne.

On était arrivé aux jours brûlants de l'été, le soleil desséchait sur les landes stériles tous les petits marais, l'herbe brûlée tombait dans le champ inculte; ici, la terre manquait d'une goutte d'eau; plus loin, elle était envahie par des eaux bourbeuses qui répandaient des miasmes malfaisants.

— Mon Dieu! disait Sylvanie en se signant, voici une saison de fièvres sur notre pays. Pourvu qu'Éva n'ait rien!

Anne-Marie commençait aussi à s'inquiéter. Plus forte que la petite fille, elle était dans toute la splendeur de son dix-septième printemps, et le vieux Marius la comparait à une jolie primevère rose.

Anne-Marie s'était habituée à l'air de son pays. Elle bravait le soleil dans la plaine, en allant porter des secours aux pauvres gens; elle ne se fatiguait jamais, et elle aidait beaucoup Sylvanie dans ses occupations d'intérieur.

Le vieux aimait cet air brûlant qui soufflait sur sa lande; son soleil le réconfortait, il restait assis dehors sur son seuil, plongé dans toutes ses rêvasseries, marmottant ses chansons, mais Éva semblait s'épuiser sous cette brise dévorante, comme une jeune tige délicate qui penche sa tête vers la terre sèche. Elle venait respirer, le soir, sur la terrasse l'air envoyé par les bruyères qui servaient d'éventail; il y avait encore des bouffées toutes chaudes qui lui faisaient mal, et elle se plaignait de maux de tête.

Anne-Marie interrompit ses leçons.

Elle traîna une grande chaise à bascule devant la fenêtre de la chambre qui donnait derrière la maison, et y installa Éva. Ce côté était plus sain, parce qu'il n'y avait que des routes sèches et des petits sentiers bordés de beaux ombrages, pas de marais malfaisants comme dans le fond de leur jardin. Et elle restait des heures près de l'enfant, à la distraire, à l'amuser.

Un matin qu'Éva était calme et toute reposée, Anne-Marie lui dit :

— Puisque tu es bien aujourd'hui, j'irai voir la pauvre Mathurine qui se meurt de fièvre toute seule, et qui n'a personne pour lui dire de bonnes paroles.

— Si tu allais attraper son mal !... s'écria Éva.

— Oh! il n'y a pas de danger, va, tranquillise-toi; répondit la jeune fille en embrassant la fillette. Je vais dire à mon grand-père de te tenir un peu compagnie.

Elle descendit. En bas, Sylvanie s'apprêtait à sortir pour étendre sa lessive au soleil dans le bout du jardin. Elle dit à Mariette que son maître était chez son ami Martin, qu'il allait rentrer, et Anne-Marie pensa qu'il serait là bientôt; Éva pouvait donc rester seule.

Sylvanie promit de monter près de la petite. Alors, la jeune fille charitable prit un panier qu'elle remplit de bonnes choses utiles pour une pauvre malade, et elle partit, bravant l'air brûlant et le soleil en feu.

A peine était-elle éloignée, et pendant que la vieille servante étendait son linge au jardin, un homme entra vivement, il s'arrêta sur le seuil, jetant ses regards autour de lui, cherchant quelqu'un.

Il était grand, bien mis, mais négligé dans son costume, élégant par habitude, mais fatigué comme un voyageur couvert de poussière, le visage bruni, la barbe noire inculte, ainsi qu'une forêt vierge, les cheveux gris en brosse : c'était Antoine! le lecteur l'a deviné sans doute.

Il ne vit personne.

Mais, il connaissait bien cette maison.

Son cœur était ému en la retrouvant à la même place, dans ce creux où parfois l'eau des étangs se répandait.

Il voulait surprendre les habitants.

Il avait hâte tout d'un coup d'embrasser sa fille, et il s'étonnait de ne pas entendre les éclats de sa voix argentine.

Il monta donc.

Sur le palier de bois bien blanc du premier étage, il y avait trois fenêtres ouvertes sur le jardin. Il vit alors que la vieille servante étendait les pièces de toile blanche sur les espaliers et les piquets plantés de place en place. Une porte, la première, était fermée au loquet; Antoine l'ouvrit; c'était la chambre vide du vieux Marius. Il y avait sur la cheminée, selon l'usage, une brassée de bruyères roses dans un grand vase de faïence.

Antoine referma cette porte; puis, il frappa doucement à la seconde, et il ne voulait pas se permettre d'y entrer sans annoncer sa présence. Une voix d'enfant répondit :

— C'est toi, papa Marius! pourquoi n'entres-tu pas.

— C'est moi!... s'écria Antoine, n'y tenant plus et se précipitant dans la chambre. Éva, souriante et rose, occupée à classer des fleurs dans un herbier, devint pâle et tremblante; sans voix pour crier, elle se laissa aller dans le fauteuil; toute saisie, elle fixait des yeux étranges sur son père, et celui-ci ne comprenait pas cette émotion qu'il partageait du reste, mais sans en souffrir. Il avait pris sa fille dans ses bras et il l'embrassait à plusieurs reprises :

— Chère petite!... quel bonheur! tu as grandie!... es-tu contente, voyons, de revoir ton papa? parle-moi au moins. Alors, il s'aperçut de la couleur de son teint; il crut qu'elle était malade et qu'il venait de lui causer un trop grand saisissement :

— Serais-tu malade, Éva?... ne me fais pas peur? c'est moi qui t'ai fait peur, je suis sûr!...

Et il devenait tout tremblant de crainte, son enfant était sans voix, sans mouvement.

Il allait courir à la fenêtre, sur le palier, pour appeler de toutes ses forces Sylvanie, lorsqu'enfin Éva lui sauta au cou. Le rose revenait sur ses joues. Elle disait en tremblant un peu :

— Oui, je suis contente de te voir!... et Mariette sera contente aussi, elle est si bonne! elle prie bien pour toi.... Oh! tu m'as fait vraiment peur!...

— Tu as été malade, pauvre mignonne?

— Oui, un peu; oh! ce n'est rien. Et Mariette me soigne, le cousin Marius est bon pour moi, Sylvanie aussi! Te voilà revenu avec nous?...

Elle laissait tomber ses petits bras sur le fauteuil.

— Lève-toi que je te voie mieux. Comme tu es grande!

Elle se mit debout, se dressant sur la pointe de ses petits pieds avec malice, elle riait, et ce rire réjouissait son père. Et il resta au moins vingt minutes à causer avec sa chère petite fille, ne se lassant pas de regarder ses longs cheveux blonds, ses petites mains qui étaient brûlantes. Il lui trouvait bonne mine, parce qu'elle avait des rougeurs plaquées sur les joues. Soudain Anne-Marie entra.

Elle reconnut Antoine, mais, d'un coup d'œil, elle lut la fièvre sur le visage d'Éva. Oh! elle connaissait bien les symptômes de ces horribles fièvres qu'elle avait tant de fois étudiées sur les autres.

Et comme elle venait de quitter le chevet d'une mourante que les fièvres emportaient, elle était infiniment émue et tourmentée, l'idée qu'Èva était frappée à son tour lui arracha ce cri imprudent :

Il prit la main d'Anne-Marie quand celle-ci fut prête à partir. (p. 135).

— Mon Dieu, Antoine!... ne voyez-vous pas qu'elle est malade!...

Il ne comprenait pas, et elle gardait le silence à présent.

Ne voulant pas impressionner Éva qui était d'une nature de sensitive, elle feignait de ne pas la trouver malade, et elle lui disait qu'elle allait lui donner quelque chose de bon et de frais à boire. Tandis qu'elle courait prévenir Sylvanie, lui apprenant tout à la fois l'arrivée d'Antoine et que la petite semblait prise des fièvres, Marius rentrait de sa promenade.

Il fut gaiement surpris à la vue du cousin Antoine.

— A la bonne heure! te voilà des nôtres à présent! Eh bien! comment trouves-tu ta fille?

En la regardant, sous ses paupières clignotantes, il remarqua l'altération de ses traits.

— Bon, fit-il, je parie qu'elle a été trop émue en reconnaissant son père.

— Oui, c'est cela! fit tristement Antoine. Oh! j'ai si peu de chance, moi! Je vous raconterai tout cela, cousin. J'ai perdu là-bas ce que j'y avais gagné avec peine; je me suis embarqué en réunissant quelques bribes, comme on fait quand on se sauve au milieu d'un désastre. Je vous reviens plus pauvre qu'autrefois; car j'ai laissé mes dernières illusions, et je n'espère plus faire fortune. Je voudrais au moins trouver ici le calme dont j'ai tant besoin.

Il était toujours un peu égoïste.

Ce qui l'avait le plus désolé, c'est d'avoir ébréché la petite fortune que son portefeuille avait contenue. Il montra, cette fois, sans rien raconter du passé, avec un geste d'orgueil, de fierté, ne voulant pas paraître à charge à ses parents, cinq billets de mille francs dans un papier jauni.

— Voici tout ce que je possède, mon cousin Marius ; prenez-le, c'est pour vous dédommager de ce que l'enfant et le père vous ont coûté, de ce qu'ils vous coûteront encore, soit pour amasser à ma fille quelque chose pour l'avenir.

C'est parce qu'il venait de juger en lui-même que, si cette somme n'était pas déposée entre les mains honnêtes du vieillard, il serait dans le cas de trop dépenser ; et il avait encore la franchise égoïste d'oser dire :

— Gardez-moi ça pour Éva.

— A quoi bon, dit tranquillement le vieux Marius, ne sais-tu pas que ton enfant est adoptée chez nous ? que ma petite-fille à moi n'est pas jalouse, au contraire, elle considère Éva comme sa sœur ! Enfin, tout ce que je laisserai après moi sera partagé entre Mariette et Éva qui prendront soin de Sylvanie dans sa vieillesse. Voilà comment j'ai arrangé les choses. Garde donc ton argent.

» Nous verrons à te trouver une position quelque part. Tu es bien capable de te faire nommer préfet dans la bonne petite ville de Grenade, dans nos landes, qui a perdu son préfet, un excellent homme, aussi aimé que mon ami Jérôme.

» Tu comprends que Jérôme te donnera un coup de main, et que moi, j'userai de tout mon crédit pour toi.

Antoine ne faisait plus la grimace comme il avait fait autrefois à la perspective d'une occupation quelconque ; son voyage en Amérique lui avait donné un peu de bon sens.

Pendant qu'ils causaient, Anne-Marie s'occupait de la petite, et Sylvanie avait couru chercher le médecin qui était arrêté dans une maison du pays.

Hélas! la jeune fille ne s'était pas trompée : Éva était prise par les terribles fièvres.

Depuis longtemps déjà, elle couvait le mal; les soins constants dont on l'entourait avaient arrêté les progrès intérieurs, et l'émotion venait de le faire éclater.

Le médecin eut un triste visage.

La malade était si jeune! et le fléau si cruel! Cependant, il laissait un espoir. Il en avait sauvé quelques-uns.

Comme il était religieux, ce brave homme, il montra le ciel, en disant :

— Adressez-vous à Celui qui peut tout! car notre science ne peut pas faire de miracles.

Antoine semblait atterré.

Le vieux Marius ne soufflait mot, mais il récitait ses prières, ce qui semblait agacer son cousin.

Un soir que tout était calme dans la maison, et qu'on parlait bas, afin d'empêcher les voix de monter jusqu'à la chambre de la petite malade qui dormait, Antoine dit au vieux Marius, sur un ton maussade :

— Que faites-vous donc là? et que récitez-vous sans cesse? Vous êtes drôle vraiment de croire que ce sont vos paroles qui vont guérir Éva!

— Oui, je le crois, dit doucement le vieillard. Tu vois, je dis mon chapelet.

— Croyez-vous, répondit Antoine railleur, que cela

vous amuserait, vous, si je vous répétais plus de cent fois : « Je vous salue, mon cousin... je vous salue, mon cousin... je vous salue, mon cousin.... »

» Vous me diriez en colère :

» — Eh! ne me salue donc pas tant! tu m'ennuies! finis-en avec les sottes salutations....

— Je vois dans ce que tu dis une bonne chose, tout de même, répondit le vieux Marius ; c'est que tu crois au moins à l'existence d'un Être supérieur à nous, infimes créatures, et tu comprends que nous, qui sommes si peu devant cet Être supérieur, nous ne pouvons pas lui adresser un langage comme celui qu'on doit parler dans le ciel. Mais Dieu est bon ; Il nous écoute et nous accorde tout ce que nous lui demandons au nom de sa divine Mère, la Vierge Marie.

— Je ne demande pas mieux de croire cela, si Dieu m'accorde la santé d'Éva. Oh!... que je voie cette enfant debout, rieuse et diablesse comme autrefois, et je croirai!...

Il avait des larmes dans les yeux, un tremblement dans sa voix ; car il savait que la chère petite était à la dernière période de la cruelle maladie. Le médecin avait dit :

— Plus d'espoir! Dieu seul peut la sauver!

A force d'entendre parler de Dieu autour de lui, dans l'état d'esprit triste où il se trouvait, il se raccrochait à cette espérance, comme à une planche de sauvetage.

— Si vous voulez ce miracle, dit alors doucement Anne-Marie, qui était entrée sans bruit dans la salle, et qui avait entendu ses dernières paroles, mettez-vous donc à genoux, mon cousin Antoine! demandez à Dieu de guérir Éva!...

» Dieu vous écoutera mieux que nous.

» Parce que la prière d'un cœur qui revient à la foi est infiniment agréable à Celui qui nous donne la vie et qui nous la retire.

» Hélas!... je venais vous chercher tous les deux parce que... je la trouve bien plus mal.

Les larmes de la jeune fille inondaient sa délicate figure pâlie par l'angoisse des nuits sans sommeil.

Antoine fut plus touché qu'il ne l'avait jamais été dans toute sa vie.

Ils montèrent dans cette chambre close où dormait l'enfant.

Marius avait pris sa place au chevet du lit, recommençant ses prières.

— Père, dit soudain la faible voix d'Éva en ouvrant ses grands yeux : sais-tu, j'ai l'idée que si tu priais, toi, je serais guérie.

Alors, Antoine se mit à genoux, et, comme un enfant qui bégaie sa premiere prière, il dit d'une voix haute et grave :

— Mon Dieu, si vous guérissez Éva, je veux croire en vous, vous demander pardon de mes fautes et me faire instruire dans la religion; et je porterai un cierge à la chapelle de la Sainte Vierge Marie.

Puis il pleura dans ses mains, ajoutant tout bas d'autres paroles.

Éva s'était endormie, le front rayonnant. Ses cheveux

blonds ruisselaient comme une auréole, son visage était si calme et si beau qu'on eut dit un ange qui venait de s'envoler vers sa patrie. Et personne n'osait bouger.

Le médecin revint, s'attendant à consoler les braves gens qu'il aimait et qu'il plaignait de tout son cœur.

Il examina la petite fille et tout étonné :

— Qu'avez-vous fait?... demanda-t-il; la fièvre s'est envolée, le sommeil est calme; voici une moiteur bienfaisante! Dieu soit loué! votre enfant est hors de danger!

— Maintenant, j'ai la Foi, dit Antoine.

Le bonheur était rentré dans cette maison rustique : le vieux Marius chantait, Sylvanie trottait, les pauvres venaient recevoir leurs offrandes, et Antoine, ayant changé un de ses billets, versait de larges aumônes. Son visage reflétait une joie intérieure qui lui donnait quelque chose d'infiniment agréable.

Anne-Marie remerciait Dieu.

CHAPITRE IX

La Supérieure du couvent d'Anne-Marie écrivait :

« Toute la communauté s'est associée à vos prières, ma chère enfant; nous avons demandé à Dieu la guérison de cette chère Éva que vous aimez tant et nous avons appris avec une grande joie qu'elle vous était rendue.

» Il est évident que ce miracle a été opéré pour que la Foi entra dans le cœur de ce père qui ne voulait pas croire ni espérer. Voyez comme une créature humble et patiente peut faire le bien, quand elle a la volonté de l'accomplir. Je suis très contente de vous; vous faites l'éducation d'Éva, c'est vous qui lui avez appris à connaître Dieu et à le prier. Je désire vivement la connaître, et j'espère que vous me l'amènerez bientôt, car vous me promettez, dans votre lettre, d'aller à Paris avec votre chère petite sœur. »

Anne-Marie était radieuse en recevant cette lettre de sa chère mère Supérieure; elle avait projeté un voyage à Paris, car, une dame, venue dans les Landes pour voir son père, qui était un ami du vieux Marius, était descendue quelquefois chez M. Férol, attirée par la rayonnante beauté de la jeune fille qui lui rappelait une enfant qu'elle avait perdue.

Cette dame était pieuse, et s'occupait beaucoup d'œuvres de charité, elle voulait fonder une école à Aire, pour les pauvres petits abandonnés, et elle allait retourner à Paris afin de s'entendre avec son notaire sur la somme dont elle pouvait disposer pour cette édification.

Elle proposa donc à Anne-Marie de l'emmener à Paris pour quelques jours.

Naturellement, la jeune fille mit comme condition qu'elle irait avec Éva, dont elle ne pouvait jamais se séparer.

Et le vieux Marius fit ce sacrifice de quitter sa petite-fille et sa chère petite d'adoption; alors, il fallut qu'Antoine se résignât aussi.

Sylvanie fut plus difficile à en prendre son parti.

— Bé dame! vous ne vous inquiétez pas trop de ce que je vais devenir, moi!

On promit de s'occuper de la bonne servante. La petite Claude s'installerait dans la maison pour faire son ouvrage, Antoine ferait la lecture pour amuser et distraire ce vieux et cette vieille.

Il s'effaçait de bon cœur, et il n'était plus égoïste. Il prit la main d'Anne-Marie, quand celle-ci fut prête à partir :

— Je vous dois tout! Comment m'acquitterai-je jamais envers vous, chère petite cousine? dit-il.

— Vous ne me devez rien! s'écria gaiement la jeune fille; si fait! vous me devez l'accomplissement de votre promesse, vous savez?

Elle élevait un doigt en souriant.

— Oui, dit simplement Antoine, j'irai, je vous le promets.

Il lui avait promis d'ouvrir son cœur au bon curé de leur petite église, tout près de là; et d'écouter ses sages instructions. Et il tint parole.

Le curé se mit à instruire ce vieil enfant, comme il aurait fait d'un petit garçon, car, si Antoine avait reçu autrefois les premiers éléments de la religion catholique, il avait tout oublié depuis longtemps.

Le voyage fut ravissant pour Anne-Marie et pour Éva. Ces radieux paysages qui passaient sous leurs yeux pendant ce long trajet, moitié en voiture, moitié en chemin de fer, les jetaient presqu'en extase; car elles avaient l'une et l'autre le sentiment du beau, et cette belle nature ne pouvait les laisser indifférentes.

Il y a certains climats qui semblent faits pour quelques âmes prédestinées; tantôt ce sont des cieux cléments toujours purs versant à flots le soleil doré, tantôt ce sont des pays de plaines fertiles, des terres admirablement cultivées qui ressemblent à la palette d'un peintre, couverte de riches couleurs aux tons les plus variés, les forêts hautes, bien vertes, les rivières étincelant soudain comme un ruban d'argent, les routes unies, les milles petits sentiers se croisant en tout sens, enfin, ces pentes de gazon fleuries, à mesure qu'on s'approche de Paris; nos belles prairies où se couchent la moisson abondante, pendant les journées d'août; les vignes déjà chargées, avec leurs belles grappes lourdes, appétissantes, tous ces jolis coteaux bornant l'horizon empourpré, puis, la gare immense où s'engouffre la longue file des wagons avec ces heurts de la machine haletante.

Èva ouvrait ses yeux, surprise, ravie; autrefois, elle n'avait rien vu, voyageant la nuit, endormie sur le bras de son père, cahotée par l'horrible diligence pendant des heures interminables; le voyage alors l'avait fatiguée, tandis qu'aujourd'hui, elle était sous le charme.

Paris, Èva le connaissait; mais elle n'avait conservé qu'un vague souvenir des promenades, toujours les mêmes, qu'elle avait faites avec Palmyre. Quant à la jeune Landaise, elle avait traversé la ville sans la voir, pour se rendre au couvent du Sacré-Cœur; jamais elle n'avait vu les monuments et les places; des églises, elle en connaissait une, c'était Notre-Dame, elle se rappelait y être entrée avec son vieux grand-père, au moment de sa première communion, lorsqu'elle se préparait à retourner à Aire pour embrasser sa chère maman Nicolle. C'était à Notre-Dame qu'elle était le plus pressée de se rendre; et Mme Delmas, qui les avait accompagnées dans ce grand voyage, les conduisit de suite dans cette belle cathédrale de la ville de Paris. Les quais leur apparurent sous les rayons d'un beau soleil, comme une merveille, avec leurs beaux ponts de pierre; et la vieille architecture s'élevait se profilant sur un ciel d'azur, avec tous ses détails de ciselure, ses dentelles et son haut portique.

La joie d'Èva fut expansive; elle dit naïvement qu'autrefois on ne l'avait jamais conduite dans une église, parce que personne chez elle ne priait Dieu. Elle alla, avec la ferveur d'un ange, s'agenouiller devant la chapelle de la Sainte Vierge, pour la remercier de sa guérison.

Ce fut au tour d'Anne-Marie d'éprouver une joyeuse émotion en franchissant la porte de cette maison religieuse où elle avait passé dix ans de sa vie ! Le couvent était resté le même : ses escaliers de marbre, ses hautes salles, sa chapelle si calme, si bien close, qu'aucun bruit du dehors ne venait troubler l'écho de ces murs.

Elle se jeta dans les bras de la Supérieure, comme dans ceux d'une mère.

Celle-ci était aussi restée la même; l'âge ne se lisait pas sur son front si pur, sur son visage serré dans le béguin blanc, le voile noir cachait si bien les cheveux qu'on ne savait pas le nombre d'années sur sa tête; les hivers ne l'avaient pas glacée, elle semblait inaltérable dans cette pieuse extase qui demeurait figée sur ses traits.

Elle reçut Anne-Marie avec ce froid enthousiasme qui n'ôte rien à la dignité et qui ne peut dévoiler l'âme ardente.

Elle regarda beaucoup Éva, trouvant dans cette enfant une analogie entre elle et la jeune fille, chose assez naturelle du reste, puisqu'elles étaient unies par les liens du sang.

— Nous serions heureuses de vous garder ici toutes deux, dit la Supérieure, mais le devoir parle plus haut que le cœur. Vous avez là-bas à Aire un grand-père et un père qui ont besoin de vous, qui vous attendent. Seulement, souvenez-vous, chère enfant, ajouta-t-elle en fixant la jeune fille, que cette maison sera la vôtre, le jour où vous vous trouverez seule sur la terre.

Anne-Marie eut un frisson douloureux. C'était une allusion à la mort de son cher grand-père, qui peut-être sonnerait bientôt; et, elle se laissa aller à sa tristesse, des larmes vinrent humecter ses yeux.

— Oh! si vous saviez, bonne Mère, comme mon pauvre grand-père est frappé par les changements qu'on fait dans notre pays! Il baisse, il a vieilli, il est très voûté à présent.

» Oui, certainement je penserai à me réfugier ici quand je serai éprouvée par cette grande douleur!

Les adieux furent longs, Anne-Marie ne se lassait pas de regarder toutes choses, elle s'éternisait, et l'heure passait; et c'est Mme Delmas qui précipita cet instant de séparation en venant avec une voiture chercher les deux jeunes filles.

— Vous nous reviendrez!... dit la Supérieure comme une prophétesse; allez, mon enfant, soyez toujours une âme fervente.

Anne-Marie était fort triste après avoir quitté le couvent; Éva cherchait à la distraire, et elle attirait son attention sur les bruyants objets qu'on rencontrait en chemin.

Mme Delmas était bonne, nous l'avons dit; mais nous n'avons pas fait son portrait : veuve depuis plusieurs années, très riche, ayant beaucoup vécu dans le monde dans le temps de sa jeunesse, elle avait conservé les manières distinguées que donnent une éducation très brillante et la fréquentation de la bonne société. Ses salons étaient ouverts chaque semaine à un petit nombre de vieux amis qui lui restaient fidèles ; et comme elle aimait passionnément la musique, on assistait chez elle aux plus beaux concerts, où des femmes et des hommes d'un grand talent exécutaient sur le piano, la harpe et le violon, les meilleurs morceaux.

Mme Delmas était de haute taille, fort élégante, toujours vêtue de satin noir et de dentelle noire ; son visage ressemblait à un beau marbre aux traits réguliers, d'un ovale fort pur, ses cheveux étaient blancs comme la neige, sans poudre, ses joues sans fard ; elle plaisait dès qu'on la voyait, sa voix surtout avait un charme inexprimable. Elle voulait, pour amuser ses petites amies, donner une petite fête, avant de les ramener à Aire. Sans les prévenir, elle envoya quelques billets à ses amis, et fit venir une célèbre couturière qui prit des mesures sur Anne-Marie et sur Éva, sous prétexte de leur faire un costume pour partir, dont Mme Delmas voulait leur faire cadeau. Sa maison, d'une vieille construction, s'élevait, comme un vieux château, au milieu de Paris, dans les quartiers où l'on a tracé depuis l'avenue de l'Opéra. La porte massive s'ouvrait sur une grande cour avec perron ; l'escalier était large, en pierre blanche, avec une balustrade en fer ciselé. Un lampadaire gigantesque éclairait l'immense cage de cet escalier monumental comme celui d'un palais; ce lampadaire en bronze d'art merveilleux représentait une jeune négresse tenant une lampe d'albâtre sur sa tête.

Éva admira beaucoup le visage de cette négresse dont les oreilles étaient ornées de véritables anneaux d'or, le cou avait un collier de perles, à trois rangs, l'écharpe dorée qui se roulait autour de sa taille gracieuse était réelle aussi, de même ses sandales gracieuses brodées de perles, sa jupe brochée et damasquinée; c'était une fantaisie de luxe de la maîtresse de cette demeure, qu'elle avait eue d'habiller cette négresse en bronze que l'artiste avait reproduite dans sa nudité. Sur le vaste palier, s'ouvraient beaucoup de portes qui toutes donnaient dans des salons somptueux, d'une richesse peu ordinaire, et surtout très grave.

Les rideaux étaient de velours ou de tapisserie. Les tapis d'Aubusson représentaient des scènes pastorales, ou des choses gigantesques et des amours roses et joufflus.

Les plafonds, peints, étaient d'un genre plus moderne; et les panneaux sculptés, ornés de cadres d'or, contenaient des personnages de grandeur naturelle.

Les meubles, généralement anciens, étaient d'un beau bois incrusté, quelques-uns à la mode du jour; puis, on remarquait des statues groupées dans les angles des pièces qui ressemblaient, à distance, à des créatures immobiles, admirablement imitées de la nature : tantôt un enfant qui riait en montrant ses dents, tantôt une jeune baigneuse s'enveloppant dans un voile léger, tantôt un jeune chasseur portant sur son épaule une grappe de perdrix, avec son fusil et sa gibecière. Il y avait aussi des femmes célèbres, des reines, des chevaliers couverts de leur armure.

Les prairies avec leurs moissons superbes, les beaux moutons gras qui broutent une herbe meilleure, et les petits bergers landais relégués à ne passer de leurs échasses. (p. 123).

Toute cette galerie dévoilait le caractère artistique de Mme Delmas.

Anne-Marie et Éva semblaient très surprises, car on

n'eut pu soupçonner sous des dehors si simples, si modestes, que cette dame avait une demeure princière.

On la savait riche, voilà tout.

Naïvement, Éva s'extasiait.

— Père aime tout ce qui est beau, répétait-elle, comme il serait heureux s'il avait une maison comme celle-ci.

Mme Delmas s'amusait de cette joie d'enfant, et la laissait se promener dans toute sa maison. Anne-Marie était plus réservée. Elle observait en silence, ayant déjà hâte de retourner dans leur modeste habitation qu'elle aimait plus que toutes les riches demeures. Elle était inquiète surtout de la santé de son grand-père, elle aurait voulu que Mme Delmas eut terminé ses affaires pour les ramener vite dans le cher pays.

Mais Mme Delmas prolongeait à dessein son séjour à Paris.

Elle disait : Nous partirons lundi ; nous sommes aujourd'hui mardi ; jeudi, je recevrai quelques personnes à dîner, et, le soir, on fera de la musique, ce qui vous amusera toutes les deux. Le lendemain, nous ne pouvons partir, non seulement parce que c'est vendredi et que je n'aime pas voyager ce jour-là, mais surtout, parce que vous serez fatiguées, car nous nous coucherons plus tard que d'habitude. Le samedi, je règle toutes mes affaires avec mon notaire qui n'a pu terminer avant. Le dimanche doit être réservé au service de Dieu ; nous assisterons aux offices, dans la cathédrale, et, le lundi matin, nous partons par le train de sept heures trente. Donc, un peu de patience jusque-là.

Alors, Anne-Marie se résigna.

Éva ne cessait de courir dans la maison.

Il y avait, par derrière, un petit jardin un peu encaissé, un peu humide, à cause des vieux murs très hauts qui lui servaient de ceinture, mais la serre était remplie de plantes merveilleuses, avec un bassin de marbre plein de jolis poissons.

Anne-Marie se plaisait dans cette douce solitude, assise à l'ombre des palmiers et des orangers, devant le bassin arrondi dans lequel jaillissait une eau limpide. Le soleil frappait les vitrages, mais il était tamisé par des stores de soie blanche, représentant des peintures ravissantes.

Éva admirait toutes les fleurs. Et Mme Delmas lui avait promis qu'elle en emporterait.

Le jeudi arriva.

La couturière apporta les deux costumes que Mme Delmas voulut faire essayer de suite aux jeunes filles, et elle se réjouit beaucoup de leur surprise.

Anne-Marie n'avait pas encore quitté le deuil de sa grand'mère; il y avait deux ans qu'elle l'avait perdue, et elle avait fini par consentir à porter le demi-deuil; mais ses toilettes, naturellement, étaient d'une forme primitive, c'est ce qui avait inspiré à Mme Delmas la pensée de lui faire faire quelque chose de plus élégant, afin de pouvoir la présenter à sa société, et elle se flattait de l'effet que produirait cette jeune fille si belle dans un costume qui la ferait mieux ressortir.

Éva, très élégante l'année dernière, était vêtue fort simplement depuis qu'elle se trouvait chez le père Marius. Or, les deux jeunes filles restèrent saisies en voyant apporter une robe en gaze mauve pour Anne-Marie, et une en gaze rose pour Éva.

La simple Landaise ne voulait pas mettre une si riche toilette.

Mme Delmas lui fit comprendre que, pour lui faire honneur, il fallait y consentir, afin de ne pas être habillée autrement que toutes les jeunes filles qui allaient venir dîner chez elle.

Dans cette transformation, Anne-Marie était ravissante. Sa taille emprisonnée dans la légère étoffe apparaissait dans toute sa gracieuse souplesse; son cou si blanc était un peu découvert; ses cheveux blonds, relevés selon l'art de la mode, par les soins de l'habile femme de chambre qui s'appelait Palmyre, mais qui était bien loin de ressembler à la Palmyre qui avait donné une si vilaine éducation à la gentille Éva.

Heureusement que cette chère petite avait été préservée quand il en était temps encore. Elle le dit ingénument elle-même, en entendant nommer Palmyre qui se chargeait de les habiller.

La robe rose allait à ravir à Éva.

Anne-Marie lui dit en souriant que, si le bon grand-père la voyait ainsi, il trouverait qu'elle ressemble tout à fait à un papillon, car il y avait des nœuds sur les épaules et un nœud dans les cheveux.

— Monsieur Férol vous verra dans cette toilette, toutes les deux, dit Mme Delmas, car je veux que nous les emportions dans des caisses, aussi soigneusement, pour ne pas les abîmer, que les petits orangers et les cactus d'Éva.

— Mon Dieu, Madame ! s'écria Anne-Marie, que voudriez-vous donc que nous fassions de ces jolies robes ? quelle occasion aurions-nous pour les mettre ? ce ne serait certes pas quand mon cher grand-père invite à dîner ses amis, le préfet Jérôme et M. Martin.

Cette idée la fit bien rire.

Éva aussi ; seulement, cette petite se consolait moins facilement de renoncer à ces jolies choses qui faisaient peu d'impression sur Anne-Marie.

Les invités entrèrent dans les salons éclairés de plus de vingt lustres, reflétés dans autant de glaces : Une foule parée, distinguée, comme jamais ni Anne-Marie ni Éva n'en avaient vue, des jeunes filles, fleurs charmantes dans un costume semblable à celui qu'elles portaient l'une et l'autre, des femmes élégantes comme Mme Delmas, des hommes très dignes, de hauts personnages sans doute. Et le repas, sur l'immense table, ne ressemblait pas non plus à celui que la jeune fille avait préparé de ses mains, avec le concours de Sylvanie, pour les vieux amis de son grand-père.

Éva semblait être dans son élément.

Elle était joyeuse et à son aise; elle babillait avec la grâce qu'ont les enfants bien élevés de son âge; et elle était d'une raison bien au-dessus de son âge, car, à peine dans son huitième printemps, on lui donnait facilement dix ans.

Anne entrait dans sa dix-huitième année. Elle aussi était plus sérieuse qu'on ne l'est ordinairement à dix-huit ans.

Tout ce luxe ne lui tournait pas la tête. Elle jouissait de la délicieuse musique comme si elle l'avait entendue dans une église, se rappelant les belles fêtes religieuses à son couvent, quand l'orgue aux lents accords résonnait dans le chœur, et que les voix si pures de ses compagnes venaient unir leurs accents à cette voix grave et mélodieuse.

La fête s'acheva. Mme Delmas se retrouva seule dans sa grande chambre à coucher, avec les deux jeunes filles, tandis que Palmyre les dévêtissait.

— Voudriez-vous encore une fête comme celle-ci? demanda Mme Delmas.

— Non, certainement! répondit vivement Anne-Marie.

— Oui, oh! oui!... s'écria Éva. Hélas! mon père n'est plus riche, il ne pourra pas me conduire dans le monde.

Le lundi était attendu avec impatience par la jeune Landaise. Elle avait repris son simple costume de voyage; en rentrant dans ses vêtements, elle était rentrée dans son enveloppe de timide et de gracieuse fille.

Éva, sous n'importe quelle forme, était fort élégante ; sa maladie l'avait grandie encore; elle avait une très jolie taille dans sa robe d'alpaga qui brillait ainsi que de la soie. Ses belles nattes blondes se déroulaient sur ses épaules; Mme Delmas les avait tressées elle-même, éprouvant une joie à coiffer cette enfant. Elle soupirait, regrettant de ne pas avoir une fille; hélas! celle qu'elle avait perdue, il y a dix ans, aurait l'âge d'Anne-Marie. Ce qui donnait au moins quarante ans à Mme Delmas. Cependant, on ne lui en aurait pas donné plus de trente, et on savait qu'elle s'était mariée fort jeune.

La diligence fatigua les voyageuses.

Le chemin de fer n'était pas établi partout comme aujourd'hui; ses lignes n'allaient pas jusqu'au pays de Mlle Férol. Mais elle eut un cri de joie quand elle aperçut ses bruyères.

— Voici nos Parisiennes!... s'écria gaîment Antoine qui les avait vues de très loin, ayant été se promener sur le plateau, au-dessus du jardin. Il voulut courir au-devant d'elles. Il remarqua la touchante sollicitude de Mme Delmas : assise sur le devant de la voiture découverte, en face d'Anne-Marie, elle tenait son ombrelle ouverte sur la tête d'Éva, et son bras était passé autour de son cou, attirant à elle, comme une mère, cette charmante fillette.

La voiture approchait.

Antoine, caché par un buisson qui le garantissait du soleil, n'avait point été aperçu par les voyageuses; elles arrivèrent tout près de lui, il entendait la voix d'Anne-Marie qui disait :

— Quel bonheur de revoir mes bruyères !

Et Mme Delmas répondait tristement, en serrant son bras autour de la tête d'Éva :

— Quel malheur d'être obligée de vous quitter toutes deux ! Toi, ma petite Éva, qui se plaisais tant chez moi, et qui t'amusais à tout regarder dans mes salons !

— Madame ! s'écria Éva, je dirai à père que je veux retourner vous voir !...

Antoine s'avança ; les jeunes filles poussèrent un joyeux cri ; Mme Delmas salua avec une parfaite aisance, mais elle laissa échapper un soupir de regret quand elle abandonna Éva, et qu'elle la vit dans les bras de son père.

On eût voulu retenir Mme Delmas chez M. Ferol ; mais, pour un motif qu'elle ne disait pas, elle se déroba à toutes les instances ; elle dit adieu avec tristesse à Anne-Marie, elle embrassa longuement Éva, et elle s'en alla avec un air infiniment mélancolique. Antoine s'écria :

— Cette femme-là doit avoir un grand cœur, et elle a dû éprouver de grands chagrins !

Sylvanie sautillait d'aise de revoir ses deux petites maîtresses également chéries, car cette grosse maladie d'Éva l'avait doublement rendue chère à tout le monde.

Le bon vieux Marius répétait :

— Vous voici ! oh ! vous allez donc réjouir mes pauvres yeux fatigués de pleurer depuis qu'ils voient tant de choses sur notre lande !

— Ces choses sont très belles et très bien! criait Sylvanie, plaignez-vous donc, mon maître! ce n'est pas M. Antoine qui se plaint qu'on dessèche nos marais, lui, à la bonne heure! il dit comme ça que notre maison n'aura plus les pieds dans l'eau.

— Raconte-moi tout ce que tu as vu, petite fille, disait le vieux Marius, caressant Éva.

Et Éva se mit à dépeindre dans tous ses détails la riche demeure de Mme Delmas, la fête qu'elle avait donnée en leur honneur, les belles robes qu'elle leur avait fait mettre, le monde qui se trouvait réuni, les dames élégantes, les jolies jeunes filles, le beau dîner, le concert qui suivit....

— Oh! que c'était beau! Quel dommage de ne pas vivre ainsi! soupirait Éva.

Les yeux d'Antoine étincelaient, mais il gardait le silence; devenu plus humble, il sentait qu'il était pauvre, et il avait abandonné toutes ses illusions.

— Nous te ferons nommer Préfet dans la bonne ville de Grenade; tu verras que nous y arriverons, lui dit le vieillard, qui devinait le triste sujet de ses rêveries.

— Bé dame oui! disait Sylvanie, et que vous vous verrez encore joliment heureux avec votre belle petite Éva!...

Anne-Marie gardait en son cœur les douces impressions reçues à la vue du cher Couvent. Elle se rappelait les paroles de sa bonne Mère Supérieure : « Nous vous reverrons, car vous nous reviendrez.... »

Etait-ce un avertissement, qu'un jour elle quitterait

encore, cette fois pour toujours, le cher petit coin de ses Landes. Alors c'est que le pauvre grand serait couché pour son dernier sommeil, côte à côte avec la chère maman Nicolle!... Et, seule dans sa chambre, Anne-Marie priait Dieu de tout son cœur.

ÉPILOGUE

Cinq ans se sont écoulés.

Les Landes sont en parfait état d'assainissement, les marais desséchés sur une grande partie, les plaines couvertes de verts arbustes, les prairies avec leurs moissons superbes, leurs beaux moutons gras qui broutent une herbe meilleure, et les petits bergers landais résignés à se passer de leurs échasses.

Ainsi tout est transformé.

Vraiment!... est-ce bien là le canton d'Aire? Les jolies vignes de la Chalosse qui donnent de si bons vins, s'échelonnent à la place des bruyères roses.

Quoi!... les bruyères sont coupées!...

Et le vieux Marius, alors!...

Oui, il faut bien vous l'apprendre, le bon vieux Marius a été couché en terre avec la dernière brassée de ses bruyères. Il s'est éteint tout doucement dans son fauteuil. La vieille servante l'a suivi de près, comme si elle ne pouvait plus rien sans son maître.

Quand le bon Curé est venu lui donner les derniers Sacrements, et qu'il lui a murmuré sur un ton de doux reproche :

— Vous voulez donc nous quitter aussi?

— Bé dame oui! fit la servante, levant sa main vers le ciel. Et mes maîtres qui m'attendent donc!... faut-il qu'un serviteur fasse attendre ses maîtres?

— Et votre maîtresse, la pauvre Mlle Férol?...

— Le bon Dieu l'a appelée!... je sais ça....

La servante mourut en exprimant cette pensée. Et Anne-Marie, se trouvant seule sur terre, se souvint des paroles de sa mère Supérieure, elle dit adieu à son pays, et s'en alla demander asile et protection au Couvent du Sacré-Cœur. Elle n'a pas encore prononcé ses vœux. Aujourd'hui, à la place de la petite maison qui *avait les pieds dans l'eau*, s'élève une école maternelle. Mais Éva?...

Oh! Éva, ne le devinez-vous pas?

Elle aimait tant la maison de Mme Delmas! Elle a voulu

y retourner souvent. Antoine, qui n'avait pu être nommé Préfet dans les Landes, ne s'en souciant plus, s'était établi modestement à Paris, Mais il n'eut pas le temps de souffrir de sa médiocrité : attiré par une étrange sympathie vers Mme Delmas, il osa lui offrir son nom, et elle accepta, non pas pour le titre de marquise, mais parce qu'elle aimait en réalité Éva comme une mère, et qu'elle était heureuse de faire jouir de sa fortune cette aimable enfant et cet homme, qui avait eu le mérite à ses yeux d'entrer dans la religion catholique. Leurs noces furent simples, et nous avons appris *qu'ils étaient heureux*... parce qu'ils étaient unis par des sentiments identiques, et que Dieu avait béni leur union.

Nous pensons recueillir les notes du journal d'Éva pour les faire parvenir à nos lecteurs, car elles sont très intéressantes.

FIN

— Lille. Typ. A. Taffin-Lefort. 6. —

www.ingramcontent.com/pod-product-compliance
Ingram Content Group UK Ltd.
Pitfield, Milton Keynes, MK11 3LW, UK
UKHW031901260826
14628UKWH00002B/925

9 782019 682477